到怪獸國遊歷
文字欲大解放，喚醒創作力！
許亞歷◎文　許珮淨◎圖

怪獸之心

◎許亞歷

怪獸和創作，到底有何關聯呢？

雖然沒人能拍胸脯定義怪獸的模樣，但要畫出一頭前所未見的怪獸真的好難。一次圖文稿約，必須繪製一座塞滿怪獸的電梯，草稿來回塗改，畫出的不是動物的拼湊大集合，就是和動畫裡的怪物角色相似度極高。

那回真的太挫折了，沉澱了好些天，才有辦法再接再厲。但在完稿之際，我領悟到──所謂想像事物，其實都是動用著已知，一遍又一遍重組勾勒，等待最滿意的形象底定，宣告誕生。我想書寫也是這樣。調度詞彙，裁剪著星羅棋布般散落在腦海的記憶。這些已知在編織的過程裡，將慢慢向作者展現未知的趣味，我們又是掌握，又因無法掌握之處感到驚喜，直到最後，見證它成為一篇最能表達心聲的作品。

這樣想，每一次創作，都是在造一頭怪獸。

怪獸國中每一頭怪獸的起點來自我的教學日常。孩子們善於訴說誇張的句子和故事，就像套著一件怪獸裝，看起來既歡鬧又強烈，只要細心聆聽，便能解讀出那些想像裡頭包裹著現實的心情與經歷。

轉換到書裡，怪獸和鄰國朋友們各有難題，也許是生活遭遇瓶頸，也許是內在自我的低潮期，而創作提供一套紓解方案，它沒有標準解答或制式的操作程序，但允許每一顆迷惘的心靈，以文字摸索方向，尋找可能的出路。當然，透過書寫，我們也能反芻美好的事物，將之昇華為永遠的珍藏。

既然沒有標準答案，書中的創作提示都是為了自在的揮灑。更好的做法是，參考後，進一步跳脫它的指引——因為最佳的創作指引就是心啊！按著胸口，感受它像隻好動的小獸撲通撲通跳著，回想起某一件相關的重要事件，召喚出潛藏在深處的情感，寫下的字句才不僅是一場表演，而是一次動人的表白。

在創作上，無論怪獸或人，動用哪種語言、文法，能夠相通無礙的關鍵，非心莫屬。

《到怪獸國遊歷》由專欄文稿成書，要感謝《幼獅少年》連著兩年陪著我沉浸在怪獸國中，特別是主編怡汝、編輯詩媛，每月在電子信箱裡聯繫討論，彷彿一架郵件飛機由另一個角度觀覽怪獸國的點點滴滴；以及總編輯碧琪和此書的編輯淨閔予我的諸多打氣與協助。

最後，要謝謝每個穿著「隱形怪獸裝」的小孩，他們守護、充實我的心，讓我如今成為「人模人樣」的大人後，仍能時刻切換至獸族的生猛、怪類的諧趣，在思想中闖蕩出一片奇幻。

角色介紹

呑呑怪：咕啾、喀哩

收音獸：阿波

害羞獸：大耳、小曖

跟蹤怪：阿巡

倒立怪：甲由

遷徙獸：遊俠、迢哥、遠妹

小不點怪：泰妮

怪獸國特有生物：千尾鳥

智慧獸：威斯頓

尖鼻獸：小諾斯

獨眼怪：大大、力力

噴火怪：亂亂

黑白獸：小歪

目錄

怪獸國的十二個鄰居

怪獸國的十二個月

1 互訴風景的獨眼怪雙胞胎

相傳只要在正午時分，找到天邊最後一片正在午睡的雲，想盡辦法抓住它，乘上它，雲朵被喚醒後，將會往和人間相反的方向飄動，把天空的邊界繼續擴張，不用多久，就能抵達至今僅有寥寥幾人親身拜訪過的神祕國度──怪獸國了！

山茶花林的怪物國

怪獸國的居民全是樣貌各具特色，個性和能力也截然不同的怪物與奇獸，但他們同樣熱愛這片種滿花樹，而且風一吹便把花香送往各處的土地。無論發生什麼事，大家總會說：「怪獸國的每一天，都是為了迎接新的一天。」

怪獸國用山茶花樹林作為疆界，冬季到春天，一樹接一樹盛放的花朵就是最好的掩護。

樹林裡住著獨眼怪家族，他們大而發亮的黃眼睛，恰好嵌在粉桃面容正中央，占去三分之一的臉蛋，遠遠看，就像一朵又一朵吐露著黃色花蕊的粉紅山茶花。

每當花期結束，零落的枝椏失去遮蔽功能，就是獨眼怪家族出動的時候！

獨眼怪連體嬰

視力絕佳的獨眼怪，代代傳承，身負護衛國土的重責大任。站上崗位，環視看守，一有可疑的風吹草動隨即通報。多虧了獨眼怪家族，怪獸國平安度過了許多個夏天與秋天。

下個夏天，怪獸國唯一一對連體嬰雙胞胎——獨眼怪大大和力力——將接下這個家族任務。哥哥大大和弟弟力力並肩相連，雖然各自擁有靈活的右腿與左腿，但另一條腿卻緊緊黏在一塊兒，從小到大，他們就像玩「兩人三腳」般形影不離。

受限於體型，除了朝向正前方，大大只能往右轉頭，力力只能往左。兄弟倆總看不到對方在另一側見到的風景，這讓他們吃了不少苦頭，驚嚇、受傷頻頻上演。

自從他們開始學會說話，便使用簡單的字句，說出自己看到的事物，像是分享景致，也提醒對方可能的意外。

在林裡散步時，大大會說：

「山茶花開了。」力力也會叮嚀：「頭低一點，千尾鳥飛來了！」

互助合作看世界

可是，隨著年齡增長，活動範圍不再局限於山茶花樹林，大大、力力得出門上學，光是過個馬路，就眼花撩亂、危機重重。

他們決定為彼此描述得更完整一點，力力會讚嘆：「好高的玻璃大廈，一個個小水柱怪在洗窗戶——小心！水潑來了——」大大也會說：「右邊開來一輛紅色跑車，車頂竟然是三角形的——原來裡頭坐著三角獸啊！」就這樣，默契培養得愈來愈好，甚至連打躲避球也搭配得天衣無縫。

有一回課堂上，國語老師介紹「視覺摹寫」：將眼睛觀察到的事物加以形容，透過色彩、大小、形狀、長短等特色，讓閱讀的人有更具體的感受。

大大一聽，心想：「這不就是我和力力每天做的事嗎？」他為那些使用視覺摹寫的作品深深迷醉，好比他最愛的山茶花，在作家的筆下，萬朵在枝頭齊放，濃烈的紅色彷彿吞火一般，冬天的殘雪也像被燒紅了，一路火紅到天際去（注：改寫自明朝詩僧釋普荷〈山茶花〉一詩：「冷豔爭春喜爛然，山茶按譜甲於真。樹頭萬朵齊吞火，殘雪燒紅半個天。」）。大大期待自己有朝一日，也能寫出那樣細膩的畫面。

漸漸的，兄弟倆發展出不同喜好。大大熱愛文學，願意一整天沉浸在書堆裡；力力對文學不特別熱衷，倒是非常喜歡登山健行，他有時會對大大發牢騷：「拜託，文字的魅力怎麼可能贏過大自然的美麗！」

不用上學的日子，他們經常爭論該待在家裡，還是出門爬山？獨眼怪爸媽見狀擔心不已，這樣下去，雙胞胎該怎麼擔任看守國界的工作呢？

「讀書時一人一本，我就不用跟你報告我看見了什麼啊！」一塊登山那天，大大心裡雖然這樣抱怨，一路上還是和力力不停的互相提醒對方。

終於爬到山頂，正是夕陽時分。「我們現在什麼都不要說，靜靜欣賞風景好嗎？」在力力提議下，獨眼怪雙胞胎各自觀賞這場「落日秀」。

交換「國界日誌」

當晚，大大失眠了，就著床邊的小燈，偷偷摸摸寫了一封信，擺在力力的胸前。

親愛的力力：

山頂上的一切實在太動人了，而你是我最想分享的人。

西沉的太陽如此渾圓金黃，像是熟透的柳橙在廣大的白雲桌巾榨出澄黃的甜汁。與天空對比，腳下的山林只剩黑暗的斜坡，除了樹頂泛著金光，還從金光中飛出幾隻不想回家的千尾鳥。當夕陽更下沉，天色轉為溫柔的粉紅，包裹著黃太陽，就像是家門外的山茶花。

怪獸國的每一天，都是為了迎接新的一天。祝我們永遠有美景相伴。

愛你的大大

隔天，先醒來的力力躺在床上讀完信，忍不住緊緊握住大大的手，這時大大還因為熬夜寫信而呼呼大睡呢！

這封信後來和登山那天拍下的夕陽風景照，一起貼在餐桌旁，爸媽也不再苦惱雙胞胎無法合作看守。

大大和力力約好了，下個夏天到來時，不只要細細告訴對方所見景物，回家後還要運用視覺摹寫，將畫面化為文字，製作一本「國界日誌」哩！

視覺摹寫

「視覺摹寫」除了透過形狀、色彩、大小或長短等視覺特色來摹寫，大致來說，有三種安排方式，能讓景物一一現形哦！

A 空間方位移動

從遠寫到近，或者由左至右、自最上方往下描述（相反的順序亦可）。

範例：

像運鏡般，先聚焦於最高處的翠綠山尖，隨白絹似的瀑布俯衝而下，沖擊奇形怪狀的岩塊，落入清澈的溪流，鏡頭最後停在濺起的水花。

B 時間流動推進

依照時間先後，寫出景物的變化。

範例：

原本豆大的雨勢，漸漸細如蠶絲，烏黑的天空隨著放晴變得青藍，一道彩虹橋往天邊跨去。

C 區別主角配角

先刻畫主景，再寫襯托的景物；或者顛倒過來，先寫配景，再烘托出主景。例如，若月亮是主角，可先形容月亮的形狀、光亮度，再描述寥寥可數的星星、幽暗的樹叢；或者先寫星星、樹叢的幽暗，凸顯明月。

範例：

漆黑的夜空，星星像是提早入睡，森林幽暗得彷彿吞進全世界的噩夢。忽然夜風吹開濃雲，皎潔的圓月露臉，為大地披上一襲銀袍。

害怕安靜的收音獸

陽光灑上鐘塔最頂端那片綠屋瓦的早晨七點，是怪獸國一天的開始。

「噹——噹——噹——」洪亮的鐘聲傳向每個角落，為夢境畫下句點，早起的居民也暫時停下工作，伸展肢體。當第三聲鐘響結束，怪獸們會高呼：「怪獸國的每一天，都是為了迎接新的一天。」

怪獸國的錄音師

鐘塔裡，某人手持鐘槌，滿面笑容的，正是負責管理各種聲音的收音獸阿波。

阿波只有一隻如衛星天線的碟狀大耳朵，立於頭頂，蒐集四面八方而來的聲音，再細微的聲響也逃不過。對他來說，每種聲音都有自己的特性，各有各的可愛，大家也讚許阿波是歷任「聲館長」中最富有熱忱的一位！

身為聲館長，阿波每天敲完鐘後，最重要的工作就是坐進樓下的藏音室，幫新聲音建檔儲存。怪獸國全部的聲音都收編在沿牆排列，成千上萬格的精密抽屜裡，例如每個小怪獸誕生第一刻的啼哭嚎叫，可由小怪獸的爸媽獨享，接著就要抱進藏音室，由阿波為他錄下專屬檔案。此外，物品或現象發出的第一聲聲響，若被阿波的大耳朵聽見了，也會留下完整紀錄。

簡單來說，這一格格抽屜就有如「聲音身分證」，如果弄丟了，將無法再發出聲音，後果很嚴重呢！

被偷走的聲音

一天之中，除了晨鐘，還有另一個聲音讓阿波深深著迷。那是「前任聲館長」——老收音獸還沒過世時，在傍晚帶著獨生子阿波坐在鐘樓屋頂，聆聽千尾鳥家族歸巢時嘹亮的鳴叫。

你能想像數不清的長長尾羽一齊搧動空氣，形成的風聲有多麼震撼嗎？這對收音獸父子總在鳥群飛遠後，鼓掌叫好：「太動聽了！太動聽了！」

阿波最害怕安靜了，靜悄悄的夜裡必定失眠，這時他會拉開幾格抽屜，也許是山茶花叢裡的工蜂採蜜聲，也許是馬路吸塵車運作時低低的引擎聲……讓徹夜無休的聲響伴他入睡。

藏音室的收納空間即將飽和，依照往例，鐘樓將往上擴建。工程如火如荼進行，阿波每天早晨在臨時鐘舍敲鐘，白天負責監工，晚上則暫住好客的吞吞怪家中。幸好吞吞怪一家打呼聲連綿似海浪，阿波睡得還算舒爽！

工程第四天，大鐘居然怎麼敲也敲不響，阿波心中一驚，急忙趕往工地——天啊！抽屜一一被拉開，滿地亂七八糟，藏音室遭竊了！經過一天一夜的盤點，阿波確認：聲音檔案全數失蹤。於此同時，怪獸國陷入死寂，就連平日最喧譁的怪獸小學也沒有一點笑鬧聲。

聲音拯救計畫

陽光照上新搭起的綠瓦屋頂，大家仍靜靜熟睡，直到手忙腳亂的驚醒。早起的居民也因為四周靜得可怕，顯得無精打采而無法歡呼「怪獸國的每一天，都是為了迎接新的一天」，更讓一切加倍寂寞。

阿波馬上著手補救。他想，既然自己記得所有聲音，說不定能採用「聽覺摹寫」，將聲音的高低、強弱、快慢、音色寫出來，只要描述得夠生動，有如親耳聽聞，一定能夠重新建檔。

那麼就從鐘聲寫起吧！阿波拿起紙筆，埋頭寫下：

〈晨鐘〉

早晨七點，鐘槌敲擊大鐘。第一聲「噹——」沉穩厚實，如一名長者，緩慢走下高塔；第二聲「噹——」響亮鮮明，如壯士騎著駿馬，自高空一躍而下；第三聲「噹——」清澈激越，共鳴久久不散，如青年穿過大街小巷，一路奔跑，直到背影小到無法辨識。

即使太陽正慢慢西沉，阿波幾乎能聽到清亮的鐘聲，打破這片沉默。那麼，再來試試那個聲音吧！阿波繼續在下一張紙片上振筆直書：

〈千尾鳥歸巢〉

領頭的千尾鳥，啼叫雀躍多變，先是一聲平穩的長音「咯兒——」，聲線化為隱形航道，引領鳥群齊飛。接著兩聲急促短音「唧！唧！」，鳥隊跟著回應，天空中此起彼落的清脆哨音聲，彷彿提醒著地上的怪獸們留神聆聽。

等到飛行節奏調為一致，上千條長尾每擺動一下，就像風神低吼，草木皆為之窸窸窣窣搖撼。「轟沙沙沙——轟沙沙沙——」風聲、草木聲一次又一次迴盪，譜成歡送落日的進行曲。

句點剛圈完，阿波衝上鐘塔。一群千尾鳥列隊飛過晚霞，啼鳴聲繚繞不絕。

不只阿波熱淚盈眶，居民們有的拉開窗戶、有的跑至戶外，紛紛仰臉諦聽。「轟沙沙沙——轟沙沙沙——」即使拍不出聲響，大家仍感動得不願停下鼓掌的雙手。

寫下聲音的樣子

消失的聲音確實可以透過聽覺摹寫重現！阿波張貼公告，邀請民眾動筆，把聲音一個個製造回來。那陣子，天天充滿驚奇，各式各樣的聲響陸續回到生活中。透過回想、書寫，大家似乎對聲音有更細膩的體認與情感，也明白為什麼收音獸阿波這麼熱愛聲音了。

歷時半年，聲音檔案重建完畢。當然，這段期間也有更多新的聲音誕生。阿波體認到，書寫能力是竊賊偷不走的！藏音室因此轉型為開放空間，大家隨時能來此填寫聲音資料。

聲館長阿波雖結束夜宿藏音室的生活，但他不再害怕安靜了，畢竟，他還有「聽覺摹寫」能重現聲響，為自己帶來一夜好夢啊！

聽覺摹寫

「聽覺摹寫」是把對聲音的感受，例如高低、強弱、快慢、音色加以描繪。而在刻畫聲音時，也可運用幾個方法，使敘述更生動喔！

A 加上比喻

找到聲音特質，為它設計譬喻。
像成語「黃鶯出谷」，即是以鳥兒鳴囀形容歌聲的美妙。

範例：

部落長老吟唱古調，低沉沙啞的歌喉有如流沙，緩慢流淌，靜靜吞沒一切。

B 加上心境

寫出聲音引發什麼感受、心情。

範例：

暴雨打在玻璃窗上，我的心也像同時被鼓棒急亂敲擊著，整夜驚慌無措。

C 移轉感覺

把耳朵的聽覺，移轉到另一種感官上。

範例：

(1) 那道剎車聲像無數細長的尖針，朝我渾身的毛細孔刺來。（聽覺轉觸覺）

(2) 靈巧的琴音化作一條緞帶，在座席間旋繞、灑動，幻變著七彩光芒。（聽覺轉視覺）

3 沒有食慾的吞吞怪

夏季來臨，怪獸國沉浸在熱切的期待裡，像一顆沒有極限的氣球，愈吹愈鼓脹，大家碰面第一句招呼都是：「你收到——那個了嗎？」

小怪獸不再賴床，一早醒來便匆匆打開信箱確認「那個」是否送達。這份盼望，使纏繞心頭的鬱悶得以解脫，誤解得到冰釋，所有怪獸一致認同：「那個」根本就是「年度心情大掃除」，能把所有不快一筆勾消。

怪獸國的大胃王

這都要感謝吞吞怪家族，每年初夏向全國寄出邀請函，信封上注明主旨：「迎接盛夏的美食派對與大胃王寶座挑戰賽」。這串文字實在太長了，大家索性親暱的喚作「那個」。收到邀請函後，只要準備一道餐點，就能和這個大方友善的家族共度派對時光。

不少「肚」懷大志的怪獸，等著挑戰大胃王寶座，但擁有氣球般光滑皮膚，緊貼地面移動的吞吞怪，平時拖行細短尾巴，看起來玲瓏可愛，一旦進食，張開闊嘴，展現神速的「吞吞特技」，癟平的身體就像氣球瞬間充氣，隨著食物的形狀，凸脹出連綿、奇特的造型——想打敗他們可不容易呢！

不過，暴食的吞吞怪只在春夏兩季用餐，天氣一轉涼，他們的食量將驟減至零，全心全意消化先前囤積在體內的食物，因此這場派對不僅是為了歡慶美食存在，更是吞吞怪家族最重要的傳統，祈求安穩度過秋冬。

中暑的吞吞怪

奇怪的是，今年邀請函遲遲未到，大夥都有點擔心，便推派收音獸阿波探訪。來開門的是一臉愁容的小吞吞怪咕啾，他說：「爸爸生病了，什麼都吃不下。」

原來，身為上一屆大胃王的吞吞怪爸爸喀哩，自從半個月前中暑，就一直提不起精神，食慾全消，原本氣球般緊繃的皮膚，因為突然的病瘦也鬆垮不少。

妻子鎮日烹飪美味料理，喀哩的胃口仍毫無改善。再這樣下去不只是變瘦而已，體內沒有儲備的食物，秋冬之際可是會喪命的！

當天晚餐雖然豐盛，但阿波卻食不下嚥，他向小吞吞怪咕啾討了一袋沉甸甸的東西，隨即告辭。

隔了一日，家家戶戶都收到「那個」了！但信封上的字串多了修改痕跡：

信封裡裝著收音獸阿波的親筆信，邀請出席者除了帶一道美食，並外加一段對食物滋味與口感的描寫。咯哩將選出最令他食指大動的味覺摹寫，並頒給作者冠軍獎盃。

知道這不只是場比賽，更是攸關生死的大事，怪獸國可說是全體動員，除了烹調最可口的料理，大家更是一再試吃，細細咀嚼、品嘗，著墨最貼切、最有感染力的形容。

連續幾天，大街小巷彌漫著各種飯菜香，到處響起料理的鍋碗瓢盆撞擊聲，從來沒有一個夏天像今年這樣熱鬧！

食物朗誦大會

派對當天，吞吞怪的家中、庭院，甚至是鄰近的公園，聚集了前來送上祝福的怪獸們。喀哩癱臥在軟墊上，掛著虛弱但溫暖的笑容，感謝大家的到來，並開始聆聽「食物朗誦」。首先上場的是活動發起人阿波：

〈焰燒肉串〉

浸過鳳梨蜜汁的肉串，經過燒烤後，形成薄薄的醬霜，那甜鹹的醇厚風味沾上嘴脣，使人忍不住用舌頭一舔，微酸開始蔓延，帶動咀嚼，扎實的肉塊在咬下瞬間，鮮美肉汁流竄，真是一大享受。

小吞吞怪咕啾忍不住吞了口水，發現爸爸的眼底閃過一絲光采。緊接著，雙胞胎大大和力力帶來獨眼怪家族祖傳料理，他們一人一句：

〈山茶花凍〉

把春天採下的山茶花丟進麥芽糖裡，就這麼放了一季，和濃茶調和後凝成凍。讓人驚喜的是，才咬下彈牙的花凍，柔軟的花瓣和蕊心便隨著牙齒輕輕軋過而化開。山茶花獨有的清新，交融麥芽的甘甜，趕走了炎熱。

喀哩似乎坐得更挺了。這時，在媽媽的陪伴下，咕啾拿著講稿走上臺，開始朗讀：

〈涼拌嗆辣苦瓜〉

媽媽特地冰鎮一上午的苦瓜薄片，咬起來冰冰脆脆，不用擔心苦味，因為洋蔥的嗆與朝天椒的辣很快便跑出來，在舌尖上跳戰鬥舞。只要再吃一大口苦瓜，嗆辣的滋味馬上被苦味調和得溫和爽口，令人著迷，一口接一口。

朗誦剛結束，現場響起好長一陣「咕嚕」聲，咕啾不好意思的說：「我自己念到肚子餓了。」

年度美食派對

「我也餓了——」喀哩竟從軟墊起身，移動到放滿食物的餐桌旁，拿起一大盆涼拌嗆辣苦瓜，「你們的描述太

開胃啦！現在，我要把每種料理都吃過一輪！大家也別客氣，盡情享用吧！」

派對持續到深夜，喀哩終於又像吹脹的氣球，變得飽滿、光滑。最後的擁抱道別，當然沒有任何一頭怪獸有辦法環抱吞吞怪們，因為他們早已吃成一幢城堡、一座矮山、一顆小行星啦！

這場盡情刻畫滋味與口感的比賽，沒有誰爭著當冠軍，食慾全消的吞吞怪重獲生命力，就是最值得慶祝的事了。

套句老話：「怪獸國的每一天，都是為了迎接新的一天。」明年的「那個」會不會更精采呢？大家滿心期待！

味覺摹寫

「味覺摹寫」是對食物在脣齒、舌頭間展現的滋味和口感加以描繪。下列幾種方法，能幫助描述更細膩、生動喔！

A 安排層次

一道包含不同食材的料理，味道不會是單一的，哪個味道最先竄出、哪個殿後，而這些滋味又有什麼不同的「個性」呢？

範例：

一口塞進鮮蝦握壽司，芥末的嗆辣隨即投下震撼彈，緊接著是好脾氣的醬油，用鹹甘緩和了戰火。慢慢的，蝦肉的清爽鮮甜伴隨米飯的醋香，在口中如花朵綻放，久久不散。

B 加強互動

藉由擬人法，寫出食物與口腔的互動，口感就不會永遠只有「QQ的」、「軟軟的」這幾招了。

範例：

享用綠豆粉圓冰，就像欲罷不能的遊戲。清冰善於惡作劇，讓牙齒一陣酸顫；粉圓是運動高手，忙著展現運球絕活；而熬得綿細的綠豆藏匿在齒縫間，等著成為躲貓貓的最後玩家。

C 增補情境

食物會讓你想到什麼呢？也許是某段回憶，也許是食材的產地……

範例：

吃著沁涼的西瓜，讓人想起瓜田生長的沙地，任由陽光曝晒，瓜皮盡責的鎖住豐沛的甜汁，成為我童年夏天最消暑、解熱的回憶。

靠鼻子探路的尖鼻獸

「哈啾！」尖鼻獸小諾斯一早又開始打噴嚏了，他無精打采的走出家門，媽媽在後頭提醒：「親愛的，試著深呼吸喔。」

上學沿途，家家戶戶都聽見小諾斯響亮的連環噴嚏聲，有的邊吃早餐邊開玩笑：「希望國界的山茶花林別被震倒才好啊！」也有怪獸同情的說：「噢，可憐的小尖鼻獸，他如果不那麼與眾不同，就能少吃點苦了。」

噴嚏打不停的小諾斯

整個早晨，小諾斯的噴嚏沒停過，這在尖鼻獸家族史裡，可說是前所未見。

一直以來，尖鼻獸視力雖弱，但靈敏的嗅覺是怪獸國公認最神奇的超能力，他們也因此在不同職場稱霸：追蹤氣味破解謎團的偵探、從對方體味預估運勢的算命師、跟隨大地氣息耕種的農夫……當然，他們都不曾有過「打噴嚏」的困擾。

對於頭形扁平、伸展巨長鼻子探聞的尖鼻獸來說，隨時保持平衡——尤其是不摔向前方地面，特別重要。然而打噴嚏帶動的力道，總讓小諾斯一不小心就跌得鼻青臉腫，身上的OK繃總是貼了又拆、拆了又貼。

小諾斯只能自嘲以對，把怪獸國居民最愛的那句「怪獸國的每一天，都是為了迎接新的一天」，改成「怪獸國的每一天，都是為了迎接『新傷』的一天」。

氣味煩惱一籮筐

不過，小諾斯的嗅覺一點也不差，反而是敏感過頭了，才會引發過敏反應。例如當怪獸國晨鐘一響，遷徙獸家的攤車開始販賣藥草熬煮的「醒神湯」，苦澀的氣味就像用晒乾的土麻黃搓成細繩，掐住小諾斯的鼻頭，讓他連打好幾個噴嚏，想掙脫隱形的繩子。

或者，火車摩擦鐵軌的熏煙，被飛過的千尾鳥一搧，簡直如毒氣攻擊。甚至濃郁的香氣從香水店門縫溜出，蜂擁鑽進鼻內，也令他一陣發暈。無論是香的、臭的，舒緩的、刺激的，在小諾斯鼻中，都是強力干擾。

「我受夠每天打噴嚏跌倒受傷了！我要去一個『沒有氣味』的地方！」某天，小諾斯整理好一袋行李，在該出門上學的時間，對爸媽如此宣布。

看著小諾斯堅定的神情，爸爸舉雙手、外加舉長鼻贊成。媽媽儘管擔心，仍相信靠著尖鼻獸的本能，小諾斯一定能趨吉避凶，只如往常叮嚀：「親愛的，必要時，記得深呼吸喔。」

離家出走的尖鼻獸

小諾斯上路了！他選擇往鐵軌的另一頭走，一路經過那些讓他難以招架的氣味，雖然勾起一連串噴嚏，但想到它們都將被甩在身後，小諾斯不禁揚起嘴角。

告別鐵軌，穿過怪獸國新開發的摩天樓社區（那兒的冷氣吹送到戶外，帶著乾燥的地毯味），翻越了一小座山丘（盛開的花約莫數十種，花香就像失控的交響樂），小諾斯漸漸累了，不過只要氣味不斷出現，噴嚏沒有停休，他便鼓舞、催促著自己繼續前進。

天黑了，小諾斯這一天走了好多路啊，可是氣味像在

跟他比賽，始終不肯罷休。

年紀還小的他其實有點想家，拿出背包裡媽媽特製的花生醬吐司，甘甜的香氣像個老實人，熱誠的往小諾斯的鼻子打招呼，讓他馬上打了個大噴嚏——咦？怎麼會那麼開心呢？

小諾斯還沒想通，眼淚竟然也跟著滑落下來。帶著複雜的情緒，吃飽的小諾斯縮著身體，躺在不知名的涼亭，決定明早再度上路——回家去！

嗅覺寫作家

隔天晚上，爸爸媽媽發現鼻青臉腫的小諾斯，正掛著滿足的笑容站在家門前，等著給他們一個超大擁抱！

「現在，我要回房間為這次的探險做紀錄，再好好睡一覺。」小諾斯這樣說道。

深夜，爸爸拿起書桌上的筆記紙，反覆讀了好幾回，愈讀愈喜歡。「我們的孩子長大不少呢！」爸爸欣慰的對媽媽說。

這篇紀錄後來在《怪獸國日報》連載一週，獲得以下好評：「作者透過嗅覺摹寫，書寫氣味來源、產生原因，以及引發的主觀感受，使這看不見、摸不著的東西變得具體，彷彿在讀者周遭洋溢、飄散。」

其中，大家最喜愛〈尖鼻獸小諾斯的冒險——最終回〉的結尾：

就在無力邁出腳步之際，我想起媽媽的叮嚀，挺胸深深呼吸。

一陣風將列車摩擦鐵軌產生的熱煙吹送到鼻尖，那煙裡有著老舊軌道沉穩的鐵鏽味，也有軌道旁小石子輾壓雜草、沾上草汁的清香。熟悉的氣味竄進身體，我彷彿也變成一列火車，高速奔跑起來。

一路上，我聞到打烊的香水店，剛歡送最後一位客人，身上的花香就像抱著一束新鮮的山茶花。

我聞到呑呑怪一家正享用最愛的「嗆辣苦瓜」，洋蔥的辛味使我再度因噴嚏摔倒，但我馬上起身跨步，因為，隨著一股花生仁在熱鍋悶軟散發的淡淡土壤香，冰糖融化的甜膩氣息，媽媽熬煮花生醬的身影愈來愈清晰。

我一邊大笑，一邊流淚，能聞到氣味，真的好棒啊！

我知道，我到家了！

現在，即使治不好打噴嚏的症狀，小諾斯也不再排斥自己敏感的鼻子了。他心想：除了偵探、算命師和農夫這些能一展嗅覺天賦的工作，我們家族將出現全新職業，那就是我——以嗅覺寫作的作家，尖鼻獸小諾斯！

嗅覺摹寫

「嗅覺摹寫」是對氣味的香、臭或其他特質，以及因氣味引發的感受加以描述。下列幾種方法能幫助描述更精準、有趣喔！

A 氣味源頭

交代氣味來源、產生的原因或方式。補充氣味相關資訊，能使讀者更有想像的依據。

範例：

他循著焦臭的氣味，發現媽媽忙得忘了關火的鍋子裡，香腸還在煎著，烤焦的肉與燒黑的鍋面，像在發著嚇人的火氣。

B 傳送型態

不同氣味傳進鼻腔的方式也不一樣。不管是「迎面撲來」、「漸漸彌漫」，還是「徐徐飄送」，不妨針對傳送型態，加上比喻，讓看不見的傳送變成具體畫面。

範例：

廚師一掀開蒸籠，清蒸螃蟹的熱香，像被太陽晒暖的海浪，毫不收斂的撲向桌邊的賓客。

C 引發作用

氣味帶動的感受、反應、聯想，都是摹寫的絕佳材料。

範例：

走進山林，屬於大樹獨有的清香，使我精神振奮，疲憊一掃而空。一步步往山頂踩去，胸腔充滿芬芳的生命力，我已變成一頭山貓，步履輕盈、身姿靈巧。

會認床的遷徙獸

在怪獸國，有一帖名為「醒神湯」的神祕湯藥，當它苦烈的熱氣一撲上臉，保證睡意全消，再喝下一口，喔——通常這一口就像追逐太陽的夸父一鼓作氣飲光黃河般，又快又豪邁，因為那澀嗆的滋味，不只讓怪獸們瞬間恢復精神飽滿狀態，只要在嘴裡多停留一秒，無論是鱗片、皮毛、犄角和尖棘，都要打起顫來了！

遷徙獸家傳湯藥

整個怪獸國僅有一個家族擁有湯藥的食譜，那就是沒有固定居所的遷徙獸：爸爸遊俠、大兒子迢哥與小女兒遠妹。

該說是擁有許多隻觸手還是腳呢？他們看起來就像輕貼路面游移的章魚，頭頂短小的發光柱則有助於在夜間趕路。

遷徙獸一家日日把床墊捲成筒狀背在身上，推著醒神湯攤車尋覓販售地點，倘若生意不錯也許暫居三五天，卻從未待在同一處超過一週。

遷徙獸撲朔迷離的行蹤，使那些有賴床煩惱的居民總在睡前許願，希望明早遠妹能在家門外拉開喉嚨叫賣：「醒神湯——醒來保證有精神的醒神湯——」

遠妹的樹林探險

這天，遷徙獸來到國界處的山茶花樹林，花期已過，仰賴獨眼怪站崗守護的疆界，放眼望去盡是鮮綠枝葉。

遊俠考慮獨眼怪輪班看守，又得寫「國界日誌」，長期疲勞可能造成注意力不集中、全身痠痛，一定迫切需要醒神湯幫忙，於是就把攤車停靠在最大株的山茶花下，懂事的迢哥立刻自動自發張羅設備。

而遠妹呢？她照例熱情招呼幾聲，等睡眼惺忪的獨眼怪爸爸、替睡遲的雙胞胎買湯的獨眼怪媽媽，以及附近住戶紛紛環繞餐車排隊後，連床墊都還沒放下，便鑽進樹林探險去了！

觸摸一座森林

林子裡實在太好玩了！遠妹第一次來到這裡，好奇的四處探勘。

她將觸手貼在粗糙的樹皮上——山茶花枝椏並不強

壯，但倒是滿堅韌的！

遠妹正想回到外頭，邀迢哥來做樹枝弓箭玩，一枚大響蟬的蛻殼把她留了下來。她用觸手捲起，感受到被太陽晒得暖暖的透明殼皮，還留著大響蟬努力蛻變的汗水。

鋸齒狀的葉片不停搔著肌膚，像在親暱迎接遠妹，讓她癢得咯咯發笑。林子裡大響蟬「嗨嗨、嗨嗨」的唱起歌來，遠妹循著聲響，往樹林更深處走去……

失蹤的床墊

攤車在太陽下山前打烊，遊俠邊收拾、邊佩服自己的生意頭腦，湯藥果然銷售一空，他打算在這多待幾日。而整天不見「獸」影的遠妹，這才從林子裡蹦蹦跳跳鑽出。

就寢時刻，遊俠與迢哥經過白天勞碌，很快便入睡。山茶花樹下，淺淺的打呼聲交錯著，遠妹卻失眠了！原來，她不知把床墊忘在林子的哪兒了，借睡在哥哥的墊上嫌硬，爸爸的床單質料不同，翻來覆去總睡不著。

第二天，遠妹強撐著精神入林尋找，卻一無所獲。這下可好了，連續兩夜不得安眠的遠妹昏昏沉沉，每一隻觸手虛弱又沮喪，站都站不穩。

原本不以為意、認為女兒只是在鬧脾氣的遊俠，在自家的湯藥也宣告無效後，驚覺事情非同小可——以祖傳醒神湯享譽怪獸國的遷徙獸，如果持續無精打采，該怎麼遊走四方呢？

尋床啟事

心疼妹妹的迢哥最明白遠妹的心思——那是媽媽生前吟唱搖籃曲，哄著遠妹入睡的墊子，所以媽媽因遷徙意外過世後，對遠妹來說，床墊就像媽媽一樣，安撫她一夜好眠。

他趁擺攤前的空檔，和遠妹一問一答，想透過觸覺摹寫，將肌膚所接觸到的軟硬、粗細、冷熱等感受描寫出來，展現床墊的特色，完成一張沒有附圖的「尋床啟事」：

尋床啟事

這是一張平凡的床墊，但只要你輕輕觸摸，便能明白絲製的床單是多麼光滑，無論陽光曝曬、夜風酷寒，始終維持著舒適的沁涼。

你會摸到床尾叢叢毛球，感到格格不入的粗糙，那是過去媽媽對遠妹呵癢，小腳一陣踢蹬、摩擦留下的證明。

或者你發現柔軟的床墊有一角特別堅硬，那麼你可以想像懷念媽媽的小女孩，夜裡緊緊揪著床墊，假裝還牽著媽媽的觸手，力道和淚水硬化了那一角的棉花，再也恢復不了原先的蓬鬆。

這是一張平凡的床墊，卻也是遠妹無可取代的回憶，敬請大家幫忙留意，謝謝。

這一天，每個來買湯藥的獨眼怪都見到貼在攤車上的啟事（當然，還有一旁兩眼無神的遠妹），他們喝完湯，帶著飽滿的精神，在前往站崗的沿路上搜尋床墊。

回憶陪伴入夢

「找到了！找到了！」午後，下崗的獨眼怪連體嬰大大與力力，三條腿默契十足的朝攤車奔來，以最興奮的音量大喊：「我們找到遠妹的床墊了！」

他們把遠妹放上相連的肩膀，毫不猶豫的在一片濃綠裡辨別方向、快速前行，沒多久就看到搖曳的葉影下，一隻大響蟬穩穩降落的，正是遠妹朝思暮想的床墊！

還沒入夜，遠妹已沉沉安睡。遊俠看著女兒美好恬靜的臉蛋，做出遷徙獸家族史中前所未有的決定：在此處駐紮一個月。這次並非生意考量，而是為了向協尋床墊的獨眼怪們表達感謝。

「怪獸國的每一天，都是為了迎接新的一天。」遊俠終於明白此話的意義，他斜靠女兒身邊，在這充滿太太愛心的床墊上，打起滿足的睡鼾。

觸覺摹寫

「觸覺摹寫」是對肌膚感受到的冰涼或溫熱、粗糙或光滑、柔軟或堅硬、輕巧或沉重等感受，加以形容。描寫時，可以透過下列方法，增加生動感和趣味！

A 加入比喻

透過譬喻，讓觸摸的抽象感覺變得具體，更加鮮活。

範例：

他光著腳踏過鋪滿落葉的山路，像踩上溼滑的蟒蛇皮，感到一股生猛的自然野性。

B 加入轉化

透過擬人法，替感受的對象添加生命，使雙方互動更傳神。

範例：

疲憊的躺上沙灘，柔軟的沙地隨即凹著身體，給我一個溫熱的擁抱。

C 加入其他感官摹寫

除了觸覺，其他的感官是否也正在接收訊息呢？

範例：

流浪已久的花貓蹭著她的手，發出「呼嚕嚕——」的撒嬌聲。沾著泥塵的紅色傷口、又粗又硬的亂毛，扎著她的手，也扎著她的心，讓她心疼極了。

開餅乾店的噴火怪

一提到他，年長的怪獸國居民總是嘀咕：「他啊，少惹為妙喔！」年紀小的則會左右張望，確認他不在附近，才敢比手畫腳，談論起他闖下的「大禍」。

怪獸國裡大家最少往來——或者說，避免互動的對象只有一個，那就是噴火怪「亂亂」！說他孤僻，也不完全正確，因為亂亂算是「半被迫」成為怪獸國裡唯一的獨行俠。

止不住噴火的亂亂

沒人知道噴火怪亂亂的來歷，彷彿他從小就是形單影隻的長大。亂亂有著水滴狀的身形，連身體也呈半透明，遠遠看就像長出手腳的巨大淚滴，離怪獸們遠遠的行動。

不過，亂亂可是從來不掉淚的，而且也沒人見過他笑，大家老是看到他發脾氣般，凸著半透明的腹部，然後用力一縮，從鼻子、耳朵、嘴巴噴出火焰！亂亂當然不是故意的，但這火焰來得突然，若迎風助長，災情難以想像。

就拿大家至今仍心有餘悸的「大禍」來說吧！當年，收音獸阿波為爸爸——老聲館長舉辦退休派對，致謝與祝福的民眾紛紛到來，千尾鳥群也飛繞獻唱。

「失火了！失火了！」突然的急呼打破和諧，只見忙著滅火、驚惶躲逃的怪獸中，亂亂仍留在原地，緊皺眉頭，止不住藍色的火焰從口、耳、鼻竄出。藍火被千尾鳥長尾一搧，狂烈的火勢迅速攀上鐘塔。

阿波一心想保護聲音檔案，率先衝進藏音室；要不是其他怪獸拉著阻擋，老聲館長就要跟著奔上樓「救鐘」去了。大火好不容易撲滅，阿波筋疲力盡的宣布聲音檔案完好無虞。

火的高溫融化了大鐘，還好靠著大家樂捐，得以重新鑄造一座；然而一些千尾鳥被煙嗆傷，失去美好的歌喉，其中幾隻甚至燒掉半截尾巴。

噴火怪的餅乾獨白

意外之後，原本就很少參與活動的亂亂，幾乎不再出門了——除了採買烘焙材料。亂亂非常喜歡烤餅乾，每

當他投入於麵粉、蛋、奶之中，心情便能平靜下來，他烤著一盤又一盤花形蜂蜜煎餅、水滴形巧克力餅乾、鮮奶油夾心酥……

「如果可以和大家分享這些點心，該有多好！」念頭一次又一次浮現，亂亂自問自答：「可是又有誰敢接近我、嚐嚐餅乾呢？」

一天，亂亂到賣場採買，結帳前特地繞去文具區（在文具區流連的孩子都嚇得保持距離）。下午，亂亂從購物袋裡拿出全新的筆記本，邊吃著新研發的餅乾，寫寫停停：

〈鐘形藍莓果醬餅乾〉

老聲館長退休派對那天，我特地烤了鐘形餅乾，抵達時，現場已聚集來歡送的居民。難得擠在群眾中，我既緊張又興奮，雖然喉嚨發乾，雙腿微微顫抖，內心卻像清風拂過水面，盪起快樂的波紋。不知道我的嘴角是否忍不住上揚，有了笑容呢？

千尾鳥群開始表演了，那嘹亮的啼鳴、尾巴款擺的姿態，我從沒仔細欣賞過。看著大夥，尤其是老聲館長一臉陶醉，不曾有過的感動與滿足在我體內奔流，有如滾滾海濤撲打上岸後，碎浪化成一隻隻繽紛小雀，拍振彩色翅膀，想飛向空中，和千尾鳥一同翱翔。

一時間湧現太多情緒，腹部開始鼓脹—我知道自己又要「爆發」了！果然，每次無法順利表達情緒時，我就會不受控制的噴火。火焰把大家嚇壞了，我好氣自己，但一生氣反而像沸騰的油潑在火上，這下火勢真的一發不可收拾了。

派對陷入混亂，我想向老聲館長道歉，也擔心衝進火場的阿波不知如何了。不該來的！我後悔不已，感到一塊塊巨石砸上胸口，壓得我喘不過氣。所見事物全變為慢動作，怪獸們邊逃竄邊投來責備的目光、襲往天空的火舌……我雙腿一軟，跪倒在地，不斷噴發的火焰終於停了下來。

沒送出去的鐘形餅乾，在「大禍」中燒得焦焦脆脆。丟掉前我嚐了一口，多出來的苦焦味，多像我的懊惱，而外表乾硬、一入齒間便碎開的口感，傳達出我內心的脆弱。

今天我調製了藍莓果醬，敷塗在刻意烤至微焦的餅乾上，由酸轉甜的滋味，紀念著派對前半場那既緊張又無比快樂、感動的時光。

控制情緒的火焰

筆記完成後，亂亂在封面題上「心情食譜開發簿」。當情緒浮起，他便開始依著感覺做餅乾，並將當下的心理、生理狀態、言語、動作表情、環境變化，都一一記錄下來。這本食譜沒有食材比例、製作程序，卻一點一滴寫滿亂亂的種種情緒。

不知道是烤餅乾的幫助，還是透過書寫了解自己的情緒，三個月後，亂亂發現過去自己總被情緒的火焰控制，現在竟能反過來控制火焰的啟動、旺弱。這讓他有了自信走出家門——端著剛烤好的餅乾，邀請鄰居品嚐。

餅乾獨特的好滋味，吸引全國各地的怪獸前來（當然，他們事前再三確認：「你確定不會亂噴火嗎？」），現在亂亂家門口掛著招牌「噴火怪餅乾店」，以每天出爐的「當日情緒餅乾」聞名，最特別的是開放式廚房裡，還能看到亂亂正用他的獨門絕活——自如的噴火、調整火候，製作著點心呢！

情緒書寫

「情緒書寫」如果只使用抽象形容詞，例如害怕、開心、憤怒、嫉妒、惆悵，雖然傳達了意思，但情緒的張力與轉變，仍無法生動展現，這時不妨著墨下面幾個角度，賦予這「心理活動」更具體的畫面！

A 表情動作

情緒帶動面容的改變，也會引發動作，就算是同樣的情緒，每個人的反應也會有所不同。

範例：

他一生悶氣，高挺的鼻子瞬間皺起，鼻孔上揚彷彿噴著熱氣，雙手緊揪的衣角都被掌汗濡溼了。

B 環境變化

情緒也會使我們以不同的觀點感受環境，或者因為釋放情緒影響了環境。

範例：

　她難過得哭了，淚水使公園的鮮花看起來像被畫壞的水彩畫，原本最喜歡孩子們的嬉戲聲，現在卻像在嘲笑她的軟弱。

C 心境聯想

情緒在內心波動、蔓延、襲捲，像是什麼呢？以譬喻為它包裝。

範例：

　他嫉妒的望著贏家，內心彷彿切著一片片檸檬，那酸澀的汁液從他的胸口流往腹部，激起一陣翻攪。

想引人注意的小不點怪

剛進入秋天，西風開始在怪獸國吹拂，草叢搖出窸窸窣窣的聲響。當風撥開細草，就能看見毛球狀的小不點怪。

小不點怪究竟有多小呢？不管吃得多營養、鍛鍊得多拚命，他們的體型永遠不會超過一顆露珠的大小。好在吸盤狀的手指，方便他們攀附在物體上，但如果不藏身在草叢中移動，他們很有可能被冒失的怪獸一踩就一命嗚呼了。

小不點怪上學去

今年，小不點怪家族中有個小學新生——泰妮。她每天都興奮的期待能結交新朋友，卻因為迷你體型老是受忽略。不過，她一點也不灰心：「怪獸國的每一天，都是為了迎接新的一天。我要繼續努力！」

某次，泰妮觀察到學長吞吞怪「咕啾」身邊永遠歡樂熱鬧，一群好友聊起他在夏日促進食慾比賽中，把肚子吃得像座城堡，笑得開懷極了，「哈哈哈，你真是太誇張了！」

原來要很誇張，人緣才會好啊！泰妮決定也「來點誇張的」，吸引大家注意——「嘿！你知道嗎？我輕輕一跳就可以跳出國界，到山茶花林的另一頭喔。」「別看我個子小，光憑一隻手，我就能把獨眼怪雙胞胎扳倒呢！」

泰妮誇張的發言確實得到同學的目光，然而她沒發現，那些眼神中的質疑和無奈。

愛吹牛的泰妮

這個上午，怪獸小學正舉行兩天一次的日記分享會。自願上臺的泰妮，成為歷屆以來年紀最小（當然也是體型最小）的分享者。

面對全校學生，她一點也不怯場：「昨天我跟著媽媽向噴火怪買餅乾，請他順便指導我製造火焰的祕訣。結完帳，我讓媽媽抱著我，接著噴射強力火焰，變成一支火箭，咻——幾秒鐘不到就到家囉！」

泰妮發表完畢，同學面面相覷，滿臉懷疑：「妳說謊！」「對呀，我不信！」評論聲此起彼落，泰妮在一片混亂中下了臺，整天縮著身體不肯再說話，看上去比原本的體型足足小了一半。

吞吞怪誇飾祕訣

放學後，泰妮沒有直接回家，而是繞去吞吞怪家請教，「為什麼你們食量那麼誇張，大家還是喜歡你們；可是我說話誇張，卻不被接受呢？」

泰妮坐上藤椅——更精確的說，是陷進藤編的織縫裡。她抬著頭，望向秋天剛禁食不久的吞吞怪家族，夏天囤積的食物還沒消減多少，他們的巨大身軀擠滿了整個客廳。

吞吞怪爸爸喀哩早就聽兒子轉述過不少泰妮的事，他笑了一笑，震得身子也跟著如波濤起伏。

「泰妮呀，我們因為感受強烈，用誇張的形容來修飾事物，製造鮮明有趣的效果，的確能引起注意，而有類似經驗的怪獸們聽了，也會產生共鳴。不過，如果只是誇大情節發展或事物特質，就會變成『吹牛』，久而久之將失去大家的信任喔！」

誇飾形容≠誇大事實

泰妮告別了吞吞怪家族，溜進草叢攀附在酢漿草上，回想吞吞怪喀哩最後的叮嚀：「記住呀，誇飾形容和誇大事實是不同的。在表達前先區分清楚，就不會造成誤會了。」

一陣狂風襲來，落葉漫天飛旋，「啊，是秋颱來了！」泰妮緊緊抓著被吹彎的細莖稈，忽然領悟過來。

放了一天颱風假後，小怪獸們在操場集合。「今天有誰想上臺分享日記呢？」校長話才剛說完，小不點怪泰妮奮不顧身彈跳，喊著：「我！我！」

司令臺下騷動起來，大家議論紛紛，不知道泰妮又要說出什麼「說謊不打草稿」的故事，只有吞吞怪咕啾充滿信心的對泰妮用力點頭，以嘴型示意：「加油！」

泰妮攀上麥克風，深吸一口氣。

〈颱風日記分享會〉

各位老師、同學，大家好。

秋颱抵達怪獸國的傍晚，我正打算穿過草叢回家，風一下子吹得又急又猛，足以吹倒國界整座山茶花林。當時我緊緊抓著一根酢漿草，感到風就快把我的五官颳走，我無助大哭，千萬顆淚滴被疾風掃去，一定形成一場不小的暴風雨吧！

好險酢漿草夠堅韌，彎下草莖抵抗強風，此時此刻，它比銅牆鐵壁更強壯堅固。我使出誕生以來最大的力勁，全神貫注在攀附的手指上。斷掉的樹枝砸了下來，差點把大地劈成兩半；被風捲起的小欖仁葉，也變成鋒利的尖刀，刮過我的臉頰。

大概撐了一個世紀那麼久，趁著風稍微轉小，我用與閃電匹敵的速度，沿著草叢奔跑，終於在天黑前平安返家。那晚，我對媽媽說：「我餓得能吃下比吞吞怪食量還多的食物！」媽媽當然沒幫我準備那麼多餐點，她知道我是在形容自己多麼筋疲力盡。

最後，我吃下一碗什錦粥，摸著圓鼓鼓的肚子自言自語：「等我上學，要跟吞吞怪咕啾比賽誰的肚子大。」說完我和媽媽都笑了，那笑聲把窗外的颱風都嚇退了呢！

我的分享到此結束，謝謝大家。

司令臺下響起熱烈的掌聲，有怪獸高呼：「泰妮，這次妳說的，我全都相信！」操場另一側傳來：「不只相信，還很喜歡！」

分辨清楚什麼是誇飾形容，避免一味誇大事實，小不點怪泰妮在這次精采的分享後交到許多好友，再也不覺得自己受到忽略。

「交到朋友，我快樂得要飛上天啦！」泰妮真的好開心，這麼形容，一點都不誇張呢！

誇飾的運用

以「誇飾法」書寫，並非描寫離奇事件，讓情節變得聳動；而是透過誇張的形容，強化事物的特質和感受等。我們可從以下幾個角度切入，加入誇飾法，使描述更有吸引力！

A 時間或空間

受主觀感受影響，時間感、空間感也會跟著改變，就像成語「一日三秋」，形容一天不見面如同過了三年。

範例：

失眠的我翻來覆去，把窄床滾成開闊的銀河，獨自一人經歷宇宙創生至毀滅的漫漫時光。

B 事物特質

就像成語「人山人海」形容人潮洶湧、「繞梁三日」形容音樂動聽，針對事物的屬性、特色，以誇飾展現。

範例：

烈日曝晒，走在柏油路上，幾乎能聽到肉片在鐵板上烤得冒出油泡的聲音。

C 情緒感受

將情緒感受，或因情緒感受而有的表現，更加誇張的修飾，例如成語「怒髮衝冠」、「七竅生煙」形容氣憤情緒。

範例：

她日日哭泣，悲傷的淚水連大石頭都能穿透。

水火不容的正獸族與反獸族

「奇怪……爸爸，這是什麼？」怪獸國國旗紀念日的午後，黑白獸「小歪」指著在曾祖父房間找到的傳家畫冊，黃舊紙面上一黑一白兩頭大獸並列，下方暈糊的字跡注記：「正獸族與反獸族，長期以語言相抗，勢不兩立。」

那是和黑白相間、毛流蓬亂的黑白獸體型相似，卻又大不相同的兩種獸類。雪白絨毛由上順長而下的為「正獸族」，像一棵沾著細雪的樅樹；「反獸族」則恰恰相反，一身逆長的剛硬黑毛，有如一團沖天高竄的黑煙。

「那是好幾百年前的事啦！」黑白獸爸爸興奮的搔搔黑白毛，湊近畫冊，打算用整個下午講述童年從長輩那兒聽來的故事，為小歪解開疑惑……

分工合作的怪獸們

數百年前，各具特色的怪獸便在植滿花樹的土地上生活，共同守護這個神祕國度。

尖鼻獸族嗅聞空氣溼度，預知雨勢；收音獸族聆聽蚯蚓翻土，判斷土壤貧沃，讓大家在最適當的時機、地點播種；小不點怪族負責除蟲，採收的作物再由遷徙獸族帶至他處。怪獸們珍惜彼此的差異，盡力發揮專長，互助合作。

然而和樂融融的氣氛，並不包括住在最北邊的正獸族，以及最南邊的反獸族。兩支獸族地處邊緣，鮮少與其他獸群互動，甚至不知道對方一族的存在。

直到有一天，從山茶花林彼端飛來一只風箏，上頭附著信箋：「請求允許至貴國交流，人馬國敬上。」信末是一面畫著人馬圖騰的國旗。

怪獸國國旗會議

這可是天大的事件，畢竟怪獸們從沒想過與外面的世界聯繫，於是各族代表約在山茶花林下的帳篷，集思廣益該如何答覆。

正獸族代表「朗朗」與反獸族代表「大黯」同時抵達，他們互相打量一番，似乎對於跟自己相反的毛色、毛流方向頗有意見。先開口的是朗朗：「這段路程好長啊！」

「是嗎？我覺得一眨眼就到了啊。」大黯語帶挑釁，嘰嘰喳喳話家常的怪獸們注意到這不尋常的火藥味，帳篷一瞬間安靜下來。

「無論是否答應交流，我們也該來設計自己的國旗吧！」獨眼怪趕緊開啟會議，徵詢意見。

「用大面積的白色，配上些許黑色，簡單大方，各位覺得如何呢？」朗朗的提議獲得大家認同，大黯卻起身否決：「憑什麼是以你的白色為主呢？我們反獸族的黑色多麼迷人，剛好呼應怪獸國的神祕！」

「沒問題，那麼就以大面積的黑色，配上些許白色吧！」接下設計任務的朗朗面露微笑——那微笑白得毫無線索，比神祕的黑色更深不可測。

正反獸族針鋒相對

不滿一週，國旗設計圖揭曉，黑沉沉的底色，中央一顆白太陽，「白晝從黑夜誕生，代表怪獸國的每一天，都是為了迎接新的一天。」朗朗這麼解釋，所有怪獸都喜歡極了，除了瞪著設計圖生悶氣的大黯。國旗的確按照當初說好的黑白比例設計，但為什麼小小一顆白太陽成為主角，黑色卻只是陪襯的背景呢？

之後，當大家商量接待嘉賓的細節，朗朗一句「尤其天氣愈來愈冷了……」還沒講完，大黯刻意搶話：「怎麼會呢？我手裡的熱茶可是讓我體溫直直攀升呢！」

導覽路線會議中，朗朗建議：「北邊的樅樹森林如

何？那兒的寂靜讓心情特別安寧。」大黯立刻潑冷水：「哎呀，哪裡有什麼寂靜呢？一隻離巢覓食的千尾鳥經過就夠吵啦！」

沒想到當大黯毛遂自薦以南方特產蜜蜜果宴請外賓，「蜜蜜果的甜香能直探內心深處喔！」朗朗也展開反擊：「內心深處？苦楚煩惱被這麼一探，都跑出來啦！」

兩頭怪獸的不合漸漸演變成兩支獸族的對立，簡直就像另類默契，雙方緊追彼此的話唱反調，劍拔弩張的氣氛讓怪獸們無從勸和。

襯托凸顯的映襯法

終於到了人馬國來訪的日子，怪獸國首次升起黑底白日的國旗，鮮明的對比，吸引了全國上下的目光。

雖然寒風一點也不好客，但熱呼呼的迎賓茶一送上，嘉賓凍得發白的臉蛋馬上恢復紅潤。參觀樅樹森林時，人馬的蹄子踩在溼潤泥壤上，一點聲息也無。一隻千尾鳥突然降落樹梢，在幾聲響亮的啼鳴後，整座負著秋霜的林子似乎更安靜了。「這寧靜讓人放下一切雜念呢！」走出森林，人馬國使者由衷讚嘆。

當然，蜜蜜果甜而不膩的滋味也獲得好評，「過去經歷的苦澀與酸楚，都使我更珍愛這果實的甜美。」帶走一箱蜜蜜果當伴手禮的人馬國使者，臨別時給了蜜蜜果最動人的評語。

活動順利落幕，獨眼怪語重心長的對朗朗與大黯說：「你們對立的發言，原本是為了攻擊對方、搶過對方風采，雖然總有一方凸顯另一方，但兩者其實是缺一不可的。就像寫作時運用的『映襯法』，把兩種事物或現象對列，兩相比較，意義才更加鮮明，留下強烈印象。想想看，山茶花也是因為有綠葉的襯托，才更顯紅豔呀！你們不覺得有對方這樣針鋒相對，也頗有意思的嗎？」

黑白獸的誕生

「天啊！我知道了，在那之後正獸族和反獸族和睦相處，於是有了我們黑白獸嗎？」故事聽到這裡，小歪恍然大悟的跳了起來。

爸爸點了點頭：「沒錯，也因為有大黯的反駁、朗朗的設計，我們才有今天的國旗紀念日呀！」

小歪看看畫冊上兩頭毛色相反的怪獸，再看看窗外處處飄揚的國旗，舉起雙手歡呼：「怪獸國的每一天，都是為了迎接新的一天！」

映襯對比

「映襯法」是指將兩種不同（特別是相反的）觀念或事實並列書寫，相互比較，達到語氣增強、意義更鮮明的效果。我們可從以下幾個角度運用映襯法，並透過練習，讓描述裡的對比愈來愈自然喔！

A 刻畫對象

要凸顯主體對象的特色時，找出與特色相反的其他事物，作為對比。

範例：

在高樓大廈環伺下，破敗的白矮屋，在黑色的大樓巨影裡瑟瑟發抖。

B 感受情緒

透過前後對比，能使感受或情緒的轉折更加強烈。

範例：

哥哥一收到新工作錄取通知，原本因失業而愁雲慘霧的心，頓時撥雲見日，變得開朗。

C 抽象觀念

並列兩個抽象概念，在對比中，彰顯其中一個觀念或價值。

範例：

雖然資源有限，但想像力是無窮無盡的。我們就動動腦，讓貧乏的材料變身為厲害的傑作吧！

9 長老選拔：智慧獸的考驗

十二月第一個假日早晨，怪獸們心情特別平靜踏實，吃完早餐，一家子扶老攜幼，動身前往智慧獸大本營的演講廳——大家要去聽威斯頓說故事囉！

智慧獸威斯頓是怪獸國現任長老，他的伯母、叔公、曾姨婆……都曾擔任這個重要職務，負責為迷惘的怪獸解惑，或在適當時機演說故事，帶領聽眾討論，讓大家獲得啟發。

三隻眼睛的智慧獸

大家都說智慧獸那麼睿智，一定是因為三顆直列在軀幹正面的明亮圓眼，總是骨碌碌打轉，彷彿一景一物都能引發一番思考。

特別是智慧獸陷入沉思時，三顆眼睛會泛起紅色光暈，像亮著「請勿打擾」的警示燈；倘若思緒暢通，螢綠的光波會隨著分析、推理的節奏在眼中跳動；而當眼睛閃爍著黃光，就代表靈光乍現，有好點子誕生啦！

　　這次是威斯頓今年最後一場演說，但他並未發表任何故事，取而代之的是震撼全國的消息：「該是我休息的時候了，我將著手進行改革。『長老』不一定要由其他智慧獸來接棒，任何怪獸都有為大家指點迷津的資格與能力。」

以寓言選出長老

當公布欄貼出選拔辦法，年長的怪獸都笑了：「該不會小朋友也可以參加吧？」除了張貼在老位子的海報，公布欄較低處還黏貼著另一張——雖然內容相同，但刻意寫得大大的字體和插圖，一看就知道是專門設計給小怪獸們看的。

這篇題為〈以最好的寓言選出最佳長老〉的公告中，威斯頓先解釋「寓言」是透過淺顯易懂的短篇故事，傳達深刻的道理，又說明選拔的附加限制：必須使用擬人法來說故事。

「擬人法」是威斯頓從人類的書籍《伊索寓言》裡學到的，讓動物、植物或者沒有生命的物品，有了跟人一樣的性格、情感、思考、行動和對話，為故事增添趣味，也更有親切感。「當然，怪獸國的『擬人法』就是『擬獸法』囉！最能讓大家從故事中得到啟發、領悟的怪獸，將成為下一任長老。」威斯頓這樣說。

遷徙獸的床墊演說

選拔日當天，演講廳坐無虛席，遷徙獸爸爸「遊俠」打頭陣，第一個上臺：

我的女兒遠妹有一塊破床墊，不管我怎麼說服她丟掉，帶她去挑又軟又漂亮的新床墊，她總是抗拒不已，一心喜愛著累積多年汙痕、處處磨損的那一塊舊床墊。

為什麼她會把垃圾當寶貝呢？我完全不能理解，直到有一次她弄丟床墊，我才從她和哥哥的對話中知道，床墊保存了我過世的太太與遠妹的回憶。我留意到外表的破舊，卻忘記更珍貴的價值。現在，這塊破床墊在我眼中，也散發著寶藏般的光輝。

雖然怪獸們感動得熱淚盈眶，也理解了破床墊的寓意——真正的價值要用心感受，但很可惜的，遊俠並未運用擬「獸」法，陸陸續續也有報名者因同樣疏忽而失去角逐資格。

兒童組登場選拔

下半場選拔——兒童組開始了，小不點怪泰妮爬上了麥克風架：

一座城堡裡，高牆驕傲的說：「喂！沒用的小石頭啊，你看看我多高、多壯啊！」牆角的小石頭聽了只是抬頭微笑。

不久，一場地震把高牆震出一道細縫，小石頭對主人

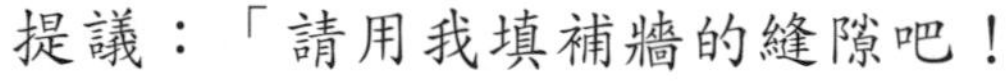

提議：「請用我填補牆的縫隙吧！不然繼續龜裂下去，牆也許會垮呢！」

修復好的高牆更美觀堅固了，它一改先前的

態度，向小石頭道謝：「多虧有你幫忙，當初我取笑你，是因為我還不明白有用和無用，根本不是依照體型大小區分的啊！」

泰妮的寓言說得真好，不僅讓沒有生命的牆與石頭有了心情、個性與對話，更傳達了「天生我材必有用」的道理。原先對小孩擁有報名資格，感到不以為然的怪獸們，也給予肯定的掌聲。

小怪獸一個個登場發表精采的寓言，最後輪到黑白獸小歪：

鉛筆和橡皮擦在書桌上老是吵架，鉛筆大吼：「你為什麼把我辛苦的成果擦去！」橡皮擦反擊：「你才是一直作亂，破壞我維持的整潔！」它們氣呼呼瞪著彼此，怒火差點把紙張燒穿一個洞。

倒楣的紙開口了：「鉛筆啊！你失誤時，誰能即時補

救呢？橡皮擦呀，你如何讓自己每次出動，都是有意義的呢？」

終於，雙方不再劍拔弩張，轉而攜手合作，一幅細膩的素描完成了，一篇傑出的小說發表了，鉛筆與橡皮擦享受著從未有過的成就感，它們有默契的看向對方，心滿意足的眨眨眼。

小小智囊團成立

大夥聽得津津有味，絲毫沒注意到整場發表會中，智慧獸威斯頓的三隻眼始終維持著沉思的紅光，直到小歪下臺後，黃光才在眼底明滅閃爍。

之後，小不點怪泰妮、黑白獸小歪，以及其他小怪獸們，集合在威斯頓身旁。聽完他彎腰低語後，大家紛紛伸出小掌，在圍成的圓圈中心交疊，大喊：「第一代怪獸國小小智囊團，正式成立！」

沒錯，威斯頓不但改革了智慧獸代代承襲長老之位的傳統，更顛覆大家對「長老」的想像，讓小怪獸們憑藉著無窮的創意、善解「獸」意的心思，集思廣益，為居民服務。

「怪獸國小小智囊團」目前正合力編寫《小怪獸寓言集》，而卸任的智慧獸威斯頓呢？他正享受著退休生活，捧著書，一本讀過一本，三隻眼的綠色光波，從早到晚幾乎沒停過呢！

用擬人寫寓言

「擬人法」是將動、植物或沒有生命的事物「人格化」，變得像人一樣，使敘述更親切、充滿趣味。大家不妨從下列幾種角度大顯身手！

A 人的面容身體

讓描寫對象擁有人類的五官、表情變化，或將描寫對象的某個部分想像為人類的肢體、器官。

範例：

食蟻獸離開後，逃過一劫的螞蟻伸手擦拭額上的冷汗，緊皺的眉頭這才舒展開來。

B 人的言行舉止

讓描寫對象像人類一樣說話、動作，或從事人類活動。

範例：

蝴蝶小姐揮動著新舞衣，對花朵們說：「這是我的第一場表演，讓我用舞姿讚揚花蜜的甜美吧！」

C 人的情感思考

讓描寫對象如人類般擁有情緒、感受，會進行思考。

範例：

老爺車沮喪的望著長出鏽斑的身體，懷念著過去在大街上兜風，那段意氣風發的歲月。

10 有話不直說的害羞獸

一月的山茶花開得正盛，清香從國界往四處飄散，儘管冬季空氣涼冷，大家還是忍不住深吸好幾口氣，想把花香儲存在體內。

除此之外，「噴火怪餅乾店」門外自一月起便掛上「請勿打擾」的牌子，奇怪的是，店裡仍然持續飄出陣陣烘焙暖香，撲空的顧客只能一臉失望又疑惑的離去。

餅乾店的神祕訂單

一切起因於噴火怪「亂亂」收到的神祕訂單，要求按照指示特製點心。研發新口味對亂亂來說並不難，困難的是那張猜謎般的口味說明！

亂亂反覆解讀這幾行句子，把廚房變成實驗室，試做一盤又一盤的甜點。愈接近取貨日，亂亂愈加心神不寧，「我這樣理解應該沒錯吧？訂單主人到底是誰呢？」

「叮鈴！」取貨日一早，亂亂從沒聽過門鈴發出那麼短促、緊張的鈴聲。門一拉開，只見兩條長耳朵垂在頰邊來回扇動，簡直要把整張臉遮起來似的——原來是害羞獸大耳啊！

好害羞的害羞獸大耳

　　大耳是亂亂的國小同學，亂亂還記得大耳有極深的眼褶，即使因為害羞，老是避免和同學目光交會，低頭盯著自己圓滾滾、整齊收攏的腳趾，但他的眼窩卻內斂著深情。

　　哇，早該想到是他了！亂亂腦中浮現第一天上學的畫面，上臺自我介紹時，大耳拉著耳朵遮住雙眼，將臺下同學擋在視線之外，說道：

　　太陽抓著兩朵長長的雲
　　掩蓋紅通通的臉蛋
　　夜晚就來了
　　消失在黑夜裡的太陽
　　終於放心了

　　當時，班上的小怪獸們全都不解的看向老師，但老師才開口請大耳稍作解釋，大耳的頭立刻埋得更低了。好在班上有另一隻害羞獸舉手發言，解開了僵局，「老師，我是小曖，我……知道他的意思喔……太陽紅通通的臉蛋，指的是他害羞的模樣；長長的雲，是他的耳朵。害羞獸都很內向，只有不被注意時最自在了……我說完了，謝謝。」

小曖後來去哪了？好久沒有她的消息了！那時多虧有沒那麼害羞的小曖，當大耳將情緒、想法藏在短句裡，小曖就像解謎專家，一一破解句中的象徵，大耳也因為被大家理解而結交了朋友。

「承諾」甜甜圈

「好……好久不見，請問我的訂單，完……完成了嗎？」大耳把耳朵撥開，謹慎的鞠躬。噴火怪亂亂這才從記憶裡回神，連忙招呼大耳入座，同時端出依照訂購單打造的新甜點──「承諾」甜甜圈。

遞了一個試吃的甜甜圈給大耳，亂亂開始介紹：「我看到第一句話『往答案後頭打圈』，就想這甜點一定要做成圓圈狀；『從淚水中浮起來』，淚水應該是鹹的吧，所以除了甜甜圈的糖粉，我又灑上了海鹽，增加味覺的變化；而呼應最後的『閃閃發亮』，我挑了如翡翠般耀眼的綠葡萄，鑲在甜甜圈的正上方，除了好看，水果的酸香也可以解膩。可是我一直想不透，主題『承諾』是什麼意思呢？」

承諾甜甜圈美味得令大耳閉起眼睛，害羞的雙頰也因陶醉終於褪去紅熱。再睜眼時，大耳舔舔嘴邊的糖霜，說：「其實，下……下星期，我準備了派對，要跟小曖求……求婚呀。」原來，這是求婚派對的點心啊！

理解了「承諾」是「約定要相愛一生」的意思，亂亂滿懷感動的接話：「那麼，這甜甜圈就像小曖答應求婚的時候，答案裡的句點；也像今後你們將不再悲傷，擁有能從淚水中浮起的救生圈。當然，更像是代表承諾

的婚戒囉！」

心思被一一說中，大耳的長耳朵一下子又掩到面前，但當他再享用第二塊甜甜圈時，竟侃侃聊起自己的往事。

大耳從小就比其他害羞獸害羞，最不擅長表達，尤其是該吐露情意的時刻，更是一字難言。後來，他讀到一種叫作「詩」的文體，能將情感與想法藏在象徵的事物中，讓對方在字裡行間找出線索，進而解讀、明瞭。

「我和小曖爭吵、道歉、和好，也都是用詩來傳達心意呢！」大耳說完，突然變得不好意思，和噴火怪亂亂約好派對再相見後，就匆忙道別！

「體貼」棉花糖

一個月過去了，亂亂的「噴火怪餅乾店」已恢復營業，他正忙著實驗新的特製甜點，一邊喜孜孜的回想求婚派對上，大耳舉起「承諾」甜甜圈，朗誦完〈承諾〉這首小詩，小暖笑著點點頭，兩隻害羞獸將甜甜圈當作戒指，套上對方圓滾滾的手指後，緊牽著彼此。

「啊！真是太感人了！」亂亂擦了擦溼潤的眼角，視線從鍋裡的果醬移向一旁的口味說明：

這次是小曖下的訂單，她也試著用詩寫下對大耳的愛，製作的甜點將會分送到怪獸國的家家戶戶，和大家分享新婚的喜悅。

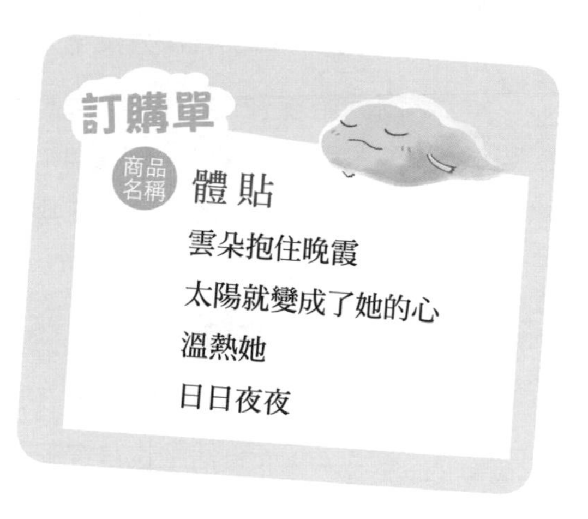

訂購單

商品名稱　體貼

雲朵抱住晚霞

太陽就變成了她的心

溫熱她

日日夜夜

亂亂打算用酸甜草莓醬當內餡，製作夾心棉花糖。在詩裡，他讀到溫柔如雲朵的小曖，包容著害羞臉紅的大耳；而小曖也因為大耳，生活更有溫度與滋味了。

亂亂覺得自己不只熱愛烘焙，好像也愛上讀詩了，他試吃一顆「體貼棉花糖」，感到滿腹詩意！

山茶花林 文字記

用象徵寫短詩

「象徵」是以書寫具體的事物，來傳達抽象的情感，或其他事物的觀念。例如美麗的玫瑰，莖上帶刺，象徵愛情雖美，但也會使人受傷。

剛開始練習時，可以先試試從以下兩種角度思考。另外，用象徵寫詩，就像是心底話猜謎，必須為讀者留下線索，才能在解讀後引起共鳴喔！

A 情感的象徵

嫉妒的心情是酸的，跟什麼一樣酸呢？寂寞的感覺是空空的，有什麼也是空洞的呢？

範例：

〈寂寞〉

夜裡

我摺了架紙飛機

朝與床正對的牆丟去

過了很久

一直

沒有飛到盡頭

B 關係的象徵

你與他人的關係，如果是形影不離，或漸行漸遠，可以用什麼表示呢？

範例：

〈冷戰〉

拔河的繩子

抓著的兩方都不使力

判定勝負的哨音

遲遲無法吹響

11 一探究竟的跟蹤怪

尖鼻獸小諾斯的兩個阿姨「聞文」和「嗅秀」是怪獸國知名的偵探拍檔。小至尋回智慧獸威斯頓遺失的老花眼鏡，大至使全國陷入「消音」危機的藏音室遭竊案（小偷原來是一頭異想天開的害羞獸，他偷走聲音，是為了讓大家跟他一樣「安靜」），凡是委託者交付的任務，在靈敏長鼻密切合作下，皆能「聞」個水落石出。不僅如此，謎團破解後，她們一搭一唱說明，流利的口才不只還原真相，更像編織了一則精采的故事。

尾隨神探：跟蹤怪阿巡

長久以來由尖鼻獸一族獨占的「偵探事業」，近日出現了競爭者。從聞文和嗅秀的「好鼻偵探社」窗口望出去，對街立起一面巨大的廣告看板，寫著：「尾隨專家，唯一神探。」哇！這簡直是專門來向姊妹倆下戰帖的呀！

不過這幅廣告只留下委託專線，沒透露工作室地址，也無從得知「神探」身分。

「這傢伙究竟是誰？」嗅秀才抓起電話要撥號，就被聞文攔下。

聞文說：「我們還有好幾個案子要忙呢，別浪費心神，時間到了，答案自然就會揭曉！」

正當尖鼻獸姊妹重新專注於氣味線索時，所有怪獸國居民也沉浸在各自事務裡，沒有任何一隻怪獸發現街尾的紅磚牆有什麼異狀。但若仔細觀察，本來砌得整整齊齊的磚頭，隨著突兀的S形隆起，紋路似乎有些歪曲——原來是跟蹤怪阿巡！

看來，阿巡就是「尾隨專家，唯一神探」了！

害羞獸委託案

跟蹤怪猶如多生兩條短腳、兩隻細手的瘦蛇，老是雙臂縮攏胸前，踩著小碎步，鬼鬼祟祟的模樣，走到哪兒都像在跟蹤誰似的。

阿巡又更特別了，他擁有少數跟蹤怪才有的能力：隨著環境變換體色。於是，他能隱身於山茶花林，成為捉迷藏冠軍；潛入演講廳，讓準備登臺演說的小小智囊團嚇一跳；或者，像這面紅磚牆，匆匆一瞥，幾乎無法察覺他的存在。

基於這些本領，阿巡認為自己一旦開業，不久一定可以取代「好鼻偵探社」。他已開始執行第一件任務，那是害羞獸小曖的委託：「請問是尾隨專家……唯一神探嗎？我的先生大耳這陣子變得難以捉摸，一會兒歡欣鼓舞，一會兒又急躁緊繃，請幫我調查……」

在阿巡前方，害羞獸大耳剛走過紅磚牆，轉進「富獸銀行」。大耳盯著從口袋掏出的小紙片，低聲念誦幾個數字，在銀行大廳兜轉幾圈，又將小紙片收好，若有所思的離開。

連著幾日，阿巡跟蹤大耳，來到珠寶店、離大耳家有

一段距離的垃圾桶、幾間空屋、照護老怪獸的公益中心……靠著改變體色，阿巡得以觀察大耳的表情、動作，那也是不容小覷的線索呢！

破解案件說明

推理出事情全貌那天，阿巡滿意的側臥在沙發上（身體跟著變成麻布的褐色），回電給小曖。但是才剛接通，阿巡便急急掛斷——啊，糟糕！該怎麼敘述，才能清楚明確的傳達事情呢？

阿巡搓著腦袋，像要把種種細節搓出個章法，接著他跳下沙發，踱著碎步，決定撥出第二通電話。

「好鼻偵探社您好！」嗅秀對電話另一頭爽朗招呼，「嗨，阿巡啊！什麼？那個尾隨專家就是你嗎？」

聞文一聽，立刻湊近按下擴音鍵，阿巡的苦惱便大聲播放：「我破解了第一個案子，可是不知道怎麼組裝腦袋裡的線索，條理分明的向委託者解說。妳們願意指點我嗎？」

聞文搔搔長鼻子，開口說道：「阿巡，仔細聽囉！能夠查出真相，必定累積了許多細節，可是全數塞進敘述裡，將會變得冗長、失焦。你不妨先設定事件的重點，再判斷為了強化它，需要哪些情節支撐。」

嗅秀默契十足的接下去說：「接著按照時間先後，排出前因、經過、關鍵的轉折，以及結果。這樣委託人便能跟著你的描述，了解事件的始末。」

事件的真相

除了道謝，阿巡也不忘為之前「挑釁風格」的廣告看板表達歉意。

說了再見後，他坐回沙發，為下一通電話擬稿，「事件重點是大耳苦惱的心情，那麼先從原因寫起吧！」

自從中了彩券頭獎，大耳雖然興奮，但也苦惱著該怎麼運用這筆意外的財富。

阿巡很快完成了第一部分，「接著是事情經過，我要透過大耳反覆的考慮來強化『苦惱』。」

他數次出入銀行，卻因害羞而說不出自己就是中獎者；他也有過丟棄彩券、繼續過平凡生活的念頭。大耳當然想和小曖分享獎金，他曾請珠寶店老闆推薦漂亮的珍珠首飾，還參觀了幾間待售空屋，考慮換大房子住。猶豫不決的心意，使得大耳的情緒也跟著起起落落。

「再來，把關鍵轉折交代清楚，就可以寫結果了！」阿巡愈寫愈順暢。

那天，大耳再次前往銀行，一幅貼在紅磚牆上的小廣告改變了他的目的地，他來到「老而樂公益中心」。在那兒，獨居或失去親屬的老怪獸們，得到醫生、志工的照護，開心又健康，有的慢慢伸展腰背做運動，有的剛從家裡拎來「怪獸跳棋」，要找朋友一戰高下。在不絕於耳的歡笑聲中，大耳認真的走訪一圈。

離開後，他折回銀行，拿出口袋裡皺得不像話的彩券，行員協助他在捐助對象欄填入：老而樂公益中心。大耳的笑容，像是相信自己做出了最棒的決定。

紅磚牆上的公益廣告卸除了，跟蹤怪阿巡的廣告看板也換了新內容：「加入老而樂，你會助而樂！」這是阿巡用第一筆偵探收入製作的志工招募宣傳。

現在，他知道怎麼鋪陳事件，成為中心最受歡迎的說故事志工，還常玩捉迷藏，讓老怪獸們邊尋找他，邊活動筋骨呢！

事件鋪陳

鋪陳事件時，最怕變成流水帳，但省略太多情節也會讓故事顯得空洞。在描述時，可先掌握事件的主題，再從主題延伸：前因、經過、轉折、結果（和感想）。大家可以透過下列步驟，整理思緒喔！

A 主題添肉

為了凸顯主題，添上必要的情節。這些情節就像骨骼（前因、經過、轉折、結果）外的肉，才能使敘述飽滿。例如，若描述在異鄉生活，以「冬日的寂寞」為主題，可添入情節，強調冬天特有的寂寞。

範例：

寒流來襲的那天，下班回到租屋處的我，一進門就哇哇大叫：「今天好冷喔！」屋裡卻沒有人回應。一個人煮了火鍋卻吃不完，任由剩下的湯料擱在桌上慢慢變涼。

B 關鍵切絲

在關鍵情節或畫面，以更細膩的筆觸深入刻畫，像切絲般切出許多細節，讓敘述更精緻。例如，決定返鄉的關鍵情節是電視上的一則廣告，將廣告內容、觀看感受細細書寫。

範例：

超市廣告裡，獨居的母親從超市採買食材，做了滿桌女兒愛吃的菜，一個人默默吃著。家鄉的媽媽，是不是也正瞇起眼，看著電視裡某個孩子，心裡正掛念著我呢？想到這裡，我立刻撥了長途電話，等熟悉的聲音傳來，馬上大喊：「媽媽，是我！我要回家了！到時候要煮我最愛的紅豆湯圓喔！」

C 結尾擺盤

收尾就像擺盤時的畫龍點睛，無論是事件結局或發表心得，若能再點明主題，會使敘述更圓融完整。例如，承B，返鄉後，冬日的寂寞是否還存留心中呢？在結尾做個回應。

範例：

碗裡的紅豆湯冒著熱煙，我迫不及待吃著，一顆顆湯圓把腮幫子擠得圓鼓鼓的，媽媽說：「妳回來正好過春節！」我滿足的笑，曾經的寂寞也將隨著這個冬日，成為過去。

12 顛倒說話的倒立怪

怪獸國有間神祕的「倒轉骨董店」，雖說是骨董，裡頭的貨物一點也「不夠老」，有的僅是多了幾道使用痕跡，有的是家家戶戶都有的日用品，而且這裡只收購舊貨，不出售任何商品，除非……

倒轉骨董店的甲由

沒有怪獸知道「除非」兩字後頭是什麼條件，因為目前為止仍未有買家現身。不過，負責經營的倒立怪甲由，倒是不怎麼擔心，他總是咬著用千尾鳥尾羽製成的拂塵撣子，在貨架間倒立行走，維持骨董「原本」的整潔程度。

倒立怪一族真的很容易被大家忘記他們正在倒立！就像甲由，上寬下窄的陀螺狀身體，要靠兩隻小短腳支撐實在不輕鬆，加上垂放時比身體多出一截的壯臂，老是絆倒自己。

因此，與其提心吊膽走路，不如以兩臂當作雙腿倒立行動，更加踏實省力。久而久之，怪獸們都習慣甲由的「顛倒模樣」，往往等到他開口說話才想到：啊，果然是倒立怪呀！

倒著說故事

甲由老愛倒著敘述事情，常常對方才正要洗耳恭聽，甲由便率先揭曉結局，有的怪獸不禁抱怨：「先知道結果就沒樂趣了嘛！」

在跟蹤怪阿巡號召下，甲由也曾到「老而樂公益中心」當故事志工，一開場便說：「小紅帽和外婆扯開野狼肚皮的裂縫爬出來，發現解救她們的是一名拿著剪刀的獵人。」

老怪獸們有耐性多了，認真的聽甲由說下去：「獵人問：『這頭壞狼是怎麼把妳們吞進肚子裡的？』小紅帽回憶起她一大早出門時……」

當故事結束在甲由的敘述：「一想到大野狼張開大嘴將她吞下，小紅帽不禁全身發抖，獵人拍拍她安慰：『幸好我經

過這兒，今後出門一定要更小心噢！』」許多老怪獸點頭稱許：「雖然情節一樣，卻是我聽過最特別的《小紅帽》！」

「這就是倒轉魔法呀！」即使評價不一，甲由對於「顛倒說話」既滿意又自信。

骨董店的小賣家

這天，倒轉骨董店來了個小賣家——小不點怪泰妮。她交出一只褪色的小背袋，說：「這是我幼稚園的書包，上小學就用不到了，請問能賣多少錢？」

「妳想賣多少呢？」甲由親切反問。

泰妮離開骨董店時仍不敢置信，原本只想換個買山茶花凍的甜點錢，沒想到老闆答應了自己臨時亂開的天價！她繞到玩具店，買了最新型的芭比獸，沉浸在大賺一筆的喜悅裡！

過了一週後，正在整理店面的甲由，向泰妮打招呼：

「嗨，妳又要來賣什麼？」

　　但這回泰妮雙手空空，小小的身體好像也被掏空，看起來更小了！原來泰妮的奶奶前天外出，被第一聲春雷響起前的閃電擊中，到現在還沒出院，小不點怪家族陷入愁雲慘霧。

　　泰妮低聲啜泣：「我可以買回書包嗎？可是我的錢都花完了……」

　　「這間骨董店不賣東西，除非……妳用倒轉魔法說服我！」甲由的話讓泰妮更著急了，這到底是什麼魔法啊！

釣出回憶的倒敘法

　　「倒轉魔法也叫作『倒敘法』，不按時間順序描述事件，而是從結果開始，再回溯事情經過；或者讓現在的畫面、事物當媒介，當作一枚魚鉤，釣起藏在回憶深海的大魚，透過追憶，補充往事點滴。現在，請妳仔細看看書包，用『倒敘法』說個故事給我聽吧！」甲由笑著說。

泰妮接下書包，撫摸上頭第一代芭比獸的刺繡圖樣，像是摸到了連通往日的線索：

最近我才買了第五代芭比獸，眼睛眨呀眨的，還有彩虹色睫毛。背袋上這一隻早就退流行了，繡線也暗淡無光。不過，當初它可是吸引了幼稚園所有小怪獸的目光呢！

「妳放下魚鉤了，現在釣起這段往事吧！」在甲由的鼓勵下，泰妮繼續「倒轉」故事：

五歲生日那天，我得到許多喜歡的禮物，除了奶奶送我的書包。「一點都不漂亮！」面對我的抱怨，奶奶不僅沒生氣，還笑呵呵的把禮物收了回去。

幾天後的早晨，我一起床便發現書包和我一起躺在被窩裡，不同的是，上面多了一隻芭比獸刺繡！那是我心目中的夢幻玩具，奶奶視力不好，卻特地為我繡上圖樣，讓樸素的書包變得可愛耀眼，尤其是芭比獸山茶花色的洋裝，那波浪裙襬真的像被風吹動一樣！當時我迫不及待背起書包、跳下床，流連在鏡子前，開心極了。

芭比獸書包天天陪我上學，直到幼稚園畢業。雖然現在用不到了，但它代表奶奶的愛，也提醒我做個體貼的小孩，我想我永遠都不該丟棄它。

倒轉魔法的感動

回憶倒敘完，泰妮自然而然吐露心情，為故事下了最棒的總結。那一刻，倒轉骨董店似乎真的有了魔法——甲由雙腳落地，回復正常站姿，和泰妮握了握手……

現在，芭比獸書包正跟著泰妮躺在被窩，中間夾著已經出院休養的奶奶。芭比獸、奶奶和泰妮一定是做了美夢，臉上都掛著笑容。

而正倒立打烊的甲由，用朝天的小腳熄了燈，在黑暗中，他對骨董們說：「一起期待主人用倒轉魔法，把你們『買』回家吧！」

故事倒敘

「倒敘法」不依照時間先後鋪陳事件，而是調動順序，把結局或某個情節放在最前面，再回溯經過；或是先寫出當下的某事物引起共鳴，來追憶一則往事。可從下列三個角度試試看！

A 結局前挪

從結局說起，再說明經過。

範例：《醜小鴨》

天鵝久久端詳自己的倒影，當牠拍動翅膀飛向藍天，俯視湖泊，想起在這度過的童年，因為長相特殊被同伴欺負的種種經歷。那是一個溫暖的日子，小鴨們都破殼而出了，只剩下一顆蛋……

B 情節前挪

從某個情節說起，接著交代前因、後果。

範例：《三隻小豬》

豬大哥、豬二哥飛奔至豬小弟的磚屋求救。

回溯當初蓋房子，兩個哥哥偷懶，後來被大野狼吹垮屋子的經過。

現在看到弟弟堅固的家，兩個哥哥有所反省，三兄弟成功教訓了大野狼。

C 因事共鳴

從當下的事物、畫面寫起，再追述因而想起的往事。

範例：

新聞播報各地賞櫻訊息，看著螢幕裡綻放的粉色花瓣，隨著枝條在風中輕輕搖晃，彷彿在問我：「你還記得那年的賞花之旅嗎？」

怪獸國的十二個鄰居

找回自己模樣的同臉國

你或許認識幾對雙胞胎，起初驚訝於他們的相似，可能有過幾次混淆兩者的經驗，不過熟悉之後，還是可以分辨出差異，發現個別的特色。

怪獸國作為疆界的山茶花林濃密而廣闊，唯有正北方土質貧瘠，林子終年稀疏狹窄。在林外，緊鄰著「只有一張臉」的國度——同臉國。

同一張臉的同臉國

大家都說，同臉國居民的面容就跟這裡的土壤一樣「匱乏」。缺乏養分的土地能耕種的作物極少，這兒的主食是名叫「大胖棗」的果實，細瘦扭曲的枝幹從乾土中掙扎而出，枝頭結著一顆顆肚圍飽滿的橢圓棕色果子，削去帶尖刺的皮後，滑溜溜的果肉滋味平淡，但也正好適合添加調味料，鹽酥大胖棗、醬燒大胖棗、醃大胖棗配大胖棗糊……成為同臉國最著名的風味餐。

至於「匱乏」的面容，又是怎麼回事呢？一如國名，同臉國所有居民的面容彷彿按照同個樣板複製般，千篇一律，每張橢圓臉蛋上，等比例排列著拱橋狀的細眉、圓圓黑黑的小眼睛、緊貼頰側的薄耳朵、又寬又挺的鼻梁、脣色淡薄的小嘴，以及永遠留不長的齊耳棕色蓬蓬頭——甚至，連歲月也無法更動這張臉。

因此，同臉國採編號制，依出生登記順序給予號碼，例如現在年紀最小的居民是30231號，而他的爺爺是26900號——這些數字縫在他們的衣服上，方便大家辨認身分。

不管哪個編號，他們都對自己或他人的樣貌不感興趣，不喜歡拍照、也不曾畫自畫像，或為任何一個人留下身影。同臉國的美術館裡，展出各種藝術作品，卻連一幅肖像畫也沒有。

怪獸長老智慧之眼

怪獸國前任長老智慧獸威斯頓退休後，日日伏在書堆裡，享受閱讀時光。一天，他忽然闔上厚重的《異國奇聞大全》，自言自語：「讀萬卷書，不如行萬里路。我該趁現在還有體力，到外面的世界開開眼界！」經過周詳的計畫，威斯頓第一站便是正北方山茶花林外的同臉國。

雖然早在書中讀過相關資料，對此處的「匱乏」略知一二，但一下子這麼多相同臉孔在眼前往來活動，威斯頓還是被震撼得頭昏眼花，只能趕緊倚著一棵樹休息。

「小心帶刺的大胖棗砸下來，您可是會受傷喔！」聲音的主人，從駝背的姿態推測，應該上了年紀。

威斯頓自我介紹後，對方這樣說：「您就直接稱呼我為26900吧！」

26900從一旁的搖籃抱起圍兜繡著30231的孫

子，親暱的用頰側磨蹭著小臉蛋，逗得孫子咿咿發笑。兩張臉乍看之下真的是「同一個模子刻出來的」，但威斯頓的三隻眼睛凝視愈久，愈感到這是兩張截然不同的面容。

用文字寫人物

威斯頓受邀在26900家作客留宿，其中一日跟著26900採收大胖棗。

陽光正烈，26900絲毫不受影響，一心一意以目光揀選成熟的果實，「這裡的土壤長不出其他作物，更要珍惜使用，千萬不能浪費啦！」

威斯頓深受感動，原本拍攝大胖棗樹的鏡頭，轉向剛說完話的26900。

「啊，我們同臉國沒有拍照的習慣，大家長得一樣，實在沒什麼好拍的呀！」26900在相機前渾身不自在，尷尬的搓著下巴。

「那麼，您就不要看鏡頭，繼續手邊的事務，我只拍一張您工作時的模樣就好。」威斯頓這樣回道。

在同臉國的最後一晚，威斯頓捨不得入睡，他想送一份禮物給26900，感謝這幾日的招待與紀念彼此的友情。

他構思良久，決定勾勒26900的容貌——不是用畫的，而是用寫的。就像肖像畫，厲害的畫家懂得展現主角的身分、近況或當下情緒，顯現個人丰采；透過書寫，也能捕捉細微的神情變化、動作姿態、衣著或說話風格，獨特的個性或生活故事便在字裡行間一一流瀉，成為專屬的「人物寫生」。

同中有異的人物寫生

隔日一早，吃完抹上大胖棗醬的烤大胖棗後，威斯頓將「人物寫生」送給26900。

我在同臉國結交的第一位朋友，名字就繡在他經年使用、已磨舊泛黃的工作服胸前—26900。採收大胖棗時，他沉默不語，黑圓的雙眼瞇成兩條小黑魚，彎彎的細眉也因為專注觀察果況而繃緊，像筆直待發的箭。尖挺的鼻頭淌著汗滴，在陽光下閃著光亮，我不禁想，當26900仰頭檢視，枝椏間的大胖棗是否會因汗水光芒的映照，變得如

寶石般璀璨呢？

　　採收後，隨即展開熬製大胖棗醬的工程。面對一大缸碎果肉，26900彷彿背著隱形的包袱，低低的駝著背，埋頭奮力攪拌，蓬草般的捲髮也跟著前傾、後晃，像在為他加油。雖然辛苦，26900卻始終保持微笑，熱氣將嘴脣蒸得紅通通的，成為整張臉最醒目的焦點。望著他的笑容，我明白這才是大胖棗醬從平淡變為甜蜜的關鍵！

「唉呀，我第一次覺得自己的五官這麼特別。」26900讀完，突然有點害羞。

威斯頓握起他的手：「的確啊！雖然你們的面容就像大胖棗，每顆都是同樣滋味，但生活經歷、情感和經驗的累積就是調味料，使每個人發展出自己的味道。如同這個臨別的時刻，您誠懇而依依不捨的眼神，和30231還不解世事、好奇打轉的雙眼，可是完全不同呢！」

一個月後，26900收到一封國際郵件，裡面裝著威斯頓拍下的那張照片。相紙背後寫著：「找回自己的模樣。」26900將照片貼在鏡子旁，在出門採收大胖棗前，對鏡中的自己開懷一笑。

人物刻劃

刻畫人物時，所有外在特色都可能是連結內在特質的線索，將兩者合而為一書寫，才能使形象鮮明深刻。可試著從下列三個角度刻畫人物喔！

A 面容神情

不需要所有五官統統都寫，挑選重點多加著墨，表達人物狀態（情緒、個性等）即可。

範例：

這位幫忙顧攤的女孩下巴高抬、噘著嘴，往前聳起的人中像是拉出一條封鎖線，警示著「閒人勿近」。

B 動作姿態

肢體狀態能暗示的事情很多，包括身分、職業、性格、情感、習慣等。

範例：

眼看還是逃不過客人的詢問，她雙手叉放胸前，僵挺上身答覆，腳板還不耐煩的用力跺了幾步。

C 裝扮或言語

衣著打扮、重要配件或說話的口吻、用詞，都能更精準呈現人物風格。

範例：

「謝謝光臨，」她語調冷淡，「歡迎下次再來。」後半句隨著客人遠走，音量也愈來愈弱，最後一個音幾乎一出口便在脣邊消失無蹤。

收集物品祝福的新物理國

怪獸國前任長老——威斯頓身為智慧獸，對物理這門學科當然也頗有研究。所謂物理，指的是「研究物體的性質、狀態、運動等變化」，例如光在水中為什麼會折射、磁鐵為什麼具有吸力，若有怪獸向威斯頓請教這些問題，他鐵定三顆眼睛閃動螢綠光波，滔滔不絕解說起來。

於是，當威斯頓離開「同臉之國」，看見路牌標示「新物理國：往東南，步行約兩小時」，自然生起一探究竟的興趣。

入境新物理國

遠方的新物理國國會大廈頂樓，輝煌燈火像在催促著威斯頓加速前進，隨著距離愈來愈近，威斯頓辨認出光束投射的字體——「本週一物：傘」。

是特賣會嗎？還是氣象預報的降雨提醒呢？威斯頓的

好奇心讓他忘了自己年邁的歲數，加大步伐，匆匆走入熙來攘往的街區，展開異國觀察。

這是個不太可能下雨的豔陽天，頭圍奇大的新物理國民們人手一支小風扇，涼風迎面吹開髮絲，露出寬厚的額頭。額頭靠近眉心處，都有一枚形狀如海鷗展翅的皺紋，有的摺痕深刻，彷彿是特地鑿上的海鷗圖騰；有的紋路淺而清晰，如海鷗將從薄薄的雲層飛出。

「大概是因為他們總眉頭深鎖，思考高深的物理問題吧！」想到這裡，威斯頓更加迫不及待想結交新朋友，進行學術交流。

神祕的靜想時間

站在「靜想旅社」櫃臺，負責接待的是老闆朱希，她額上的皺摺像鷗群的領袖，充滿自信與威嚴。在威斯頓自我介紹後，她誠懇的握手致意：「請您務必出席今天的晚宴，體驗新物理國最重要的文化。」

雖說是晚宴，但一點也不鋪張，食物、氣氛都恰到好處。用餐完畢，朱希宣布：「希望大家都滿意今晚的菜色，那麼現在就開始『靜想時間』吧！」

只見朱希的家族親友們紛紛離席，各自拿出傘來，有人將傘擱在桌面凝視，也有人打著傘走來走去。無論怎麼使用傘，他們都流露出一副若有所思的神情，而朱希正窸窸窣窣搖著筆桿，利用訪客登記簿的空白頁做筆記。

物品的哲思

威斯頓不敢打擾這凝神專一的氛圍，退至角落，靠著牆觀察大家的舉動。

很快的，這面牆奪走他的注意力——水壺、陀螺、鏡子、磁鐵、種子……五花八門的物品被工整書寫在上頭，密密麻麻的，就像貼著文字壁紙一樣。

「這是『靜想旅社』的傳統，每個星期一，當國會大廈頂樓投射的文字更新，我們便將上週的物品記錄在這面牆上，提醒自己不要忘記它的祝福。現在是五月，也代表來到今年第十八個『本週一物』。」朱希放下紙筆，

趨前解說。

「它的祝福？」智慧獸威斯頓感到前所未有的糊塗混亂，三隻眼睛的眼皮跳啊跳的。

朱希繼續解釋：「中國古代有位思想家提出『任何一物，都有它的道理』的觀點。新物理國深受啟發，無論是動物、植物、沒有生命的物品，我們從它的特質、功能用途或不同型態呈現，加以探討發掘，體會其中蘊含的人生哲思和真理。而我認為，這就是物品給我們的祝福。」

來上一堂新物理學

原來是「物的哲理」啊！威斯頓發現新物理國和他最初的想像並不相同，但絲毫不減更進一步了解的興致。

朱希答應了他謙和有禮的要求，挑出上一週的靜想筆記，朗讀了起來：

〈窗戶〉

我喜歡從櫃臺的角度欣賞窗景，街道被窗戶一框，像是一幅幅畫作。有天，其中一扇窗景被外頭倚窗而站的女孩遮住了，我略有埋怨的看著那女孩，特別是她白色背心上的大片汙漬—天啊，這該是多麼粗心、邋遢的女孩！

過了許久，女孩終於離開，我可以好好欣賞風景了；然而，那塊汙漬卻留在窗上！當我憤怒的靠近一看，才發現髒汙分明是沾在窗戶內側—是我自己沒將窗戶擦乾淨啊！

髒掉的窗子，就像帶著不滿或惡意的心，當我們從那樣的心境看出去時，再美好的世界，都成為有瑕疵的風景。

威斯頓立刻喜歡上這門「新物理學」，他再度望向那面紀錄之牆，心想：每個人得到的體會一定有所不同，要是能彼此討論，一定很過癮吧！

傘的祝福

「靜想旅社」在週末夜再度舉辦晚宴，這回大家在餐後輪流發表「傘的祝福」。

朱希從旅社門口永遠放著好幾把愛心傘，體會到分享的快樂；朱希的朋友從忘了帶傘而渾身溼透的經驗，學到未雨綢繆、做好充足準備的重要；朱希的妹妹提出堅固的傘骨、有彈性的傘布，能使傘度過無數次大風吹襲，人也是如此，有剛強的一面，也要保持彈性。

輪到威斯頓發表時，朱希一邊微笑點頭，一邊做著筆記：

傘打開如圓蓋遮天，收起後，落在上頭的雨水走到哪滴到哪。近年來，許多人研發各式各樣的傘，有「翻轉傘」，使滴水的狀況不再發生；有在傘尖安裝小燈的「照明傘」，強調安全功能；或是後方加長的「背包傘」，一除背包淋溼的困擾。

看到需求，並且跳出框架思考，許多事也能因此找出更好的解決之道。

晚宴一直持續到深夜，威斯頓覺得好充實，他打算週一看過國會大廈頂樓第十九週的「本週一物」後，朝下個國度前進，而這些啟發將會一路伴隨，成為最好的祝福。

物品書寫

如何透過書寫物件，呈現一個觀點呢？不妨先思索自己曾在哪些狀態下使用、接觸它，而其中寓藏了什麼道理和啟示，能運用於生活其他事件。試著從以下三點動動腦，找出物品背後的哲理。

A 物件特性

物件有哪些特色、性質，像牆的穩固、巧克力的甜、羽毛的輕盈皆是。

範例：

鏡子總能如實映照出我們的優點與缺點，而朋友也是，既能使我們更珍愛、欣賞自己，也能誠實指出我們犯下的錯誤。

B 功能用途

物件被運用於什麼事情，有哪些效果，像冰箱保鮮食物、橡皮擦除去錯字、手電筒提供照明皆是。

範例：

寒流來襲時，懷抱著暖暖包，身體頓時暖了不少。而我也可以當別人的暖暖包，在他們心灰意冷、憂傷沮喪時，遞上溫暖的關懷。

C 特別狀態

物件在特別狀態中，呈現不同的樣貌，像水結冰、風箏斷線、橡皮筋彈性疲乏皆是。

範例：

氣球再有彈性，一再充氣，總會有爆破的時候。人也是如此，不可能毫無限制的承受一切，要懂得釋放壓力，為自己留點餘地。

讓動物代言的化身國

離開「新物理國」，智慧獸威斯頓動身前往位於怪獸國正東方，相隔一條川水的國度。在河邊，威斯頓發現一顆巨大水滴，正沿著苔石跳向對岸，揚聲問道：「亂亂，是你嗎？」

「威斯頓長老！能在國外遇到您，真是太開心啦！」原來噴火怪亂亂某天心血來潮，在餅乾店門外貼上「外出蒐集烘焙靈感」的告示後，便穿過山茶花林，一路跋涉到此。

「亂亂啊，你知道前方是哪兒嗎？」興奮的威斯頓忍不住自問自答：「是相傳『動物比人多』的化身國啊！」

動物比人多的化身國

果然，愈靠近化身國，空氣中「野生」的氣息愈來愈濃重，張牙舞爪的林木彷彿預告著目的地是一片蠻荒之境。

忽然，樹林一陣騷動，一頭比三個亂亂還高的大象狂奔而來，粗壯的長鼻捲起擋路的樹幹，「嘩——」大樹被連根拔起又重重砸下，震得泥壤像引爆的地雷四方飛濺。

威斯頓和亂亂躲藏在斷木後方，目送大象「拔山倒樹」離開後，不禁面面相覷——這是怎麼回事呀？再回頭，原本得耗時穿行的森林已被大象闢出筆直敞徑，路的盡頭是一塊傾斜的招牌（應該也是大象的「傑作」吧），亂亂大聲念出上頭的文字：「化身國由此進。」

是人還是負鼠？

被剛剛這麼一嚇，還沒正式遊訪，威斯頓體力已減少大半。亂亂攙著威斯頓，按下第一間平房的門鈴，「打擾了，我們是來自怪獸國的背包客，能不能在您府上歇一會呢？」

應門的女士打量的眼神充滿了驚恐——噢，不！想必她一點也不歡迎他們！轉眼間，那位女士不見人影，同時間不知打哪來的負鼠突然倒在客廳中央！

「媽媽，是誰呀？」一位男孩突然出現，門外的兩隻怪獸趕緊自我介紹。

「媽媽，別緊張，快起來吧，他們只是長相有點嚇人而已。」約莫八、九歲大的男孩屈膝撫摸一動也不動的負鼠，溫柔的說著，又向客人解釋：「沒關係喔，我媽媽只

是在模仿負鼠受驚時會裝死的習性而已。」

不一會兒，負鼠尖尖的鼻端開始扁縮，變圓的臉蛋一邊膨脹，一邊凹凸出新的輪廓，逐漸伸長的四肢上的細毛也消失了——負鼠「還原」成應門的女士，又過了好一陣子才回神過來。

令人苦惱的變形術

經過屋主母子說明，化身國之所以號稱「動物比人多」，正是因為人人總在某種情緒或處境下，變身成情境雷同的動物。

這看似相當厲害的變形術，居民卻深以為苦，因為「情不自禁」的變身常打亂日常秩序，甚至造成嚴重的破壞。例如當晚，威斯頓在選舉辯論會的轉播節目上，看見闡述政見時風度翩翩的兩位候選人，一針鋒相對起來，隨即變成搧著大掌怒吼的雄獅、火爆衝撞的野牛，辯論會只能中斷播放。

而亂亂則和男孩結伴逛夜市時，目睹半途倦意漸濃的男孩變作一隻樹懶，只好抱起樹懶原路折返。

「長老，化身國的居民和過去克制不了情緒而噴火的我，是不是很相似呢？」深夜，借宿在客廳的亂亂與威斯頓輕聲交談著。

「的確有些相似呢！那麼你曉得該怎麼做了吧？晚安囉，亂亂。」威斯頓留下這句話後就進房休息，只剩亂亂徹夜未眠。

寫下變身紀錄

隔天早晨，亂亂借用廚房，自如的噴著火焰，烤出一盤動物造型餅乾：大象、負鼠、獅子、野牛、樹懶……整間屋子彌漫著甜甜香氣。

亂亂向這對母子訴說自己曾透過書寫「心情食譜」，坦誠觀察、面對自身的感受，讓原本隨情緒爆發的火焰因此得以控制、活用，「將自己的情緒、處境或渴望，與

動物的特色和習性相對

照，寫下變身動物的心路歷程，

抒發的同時也記錄反省，說不定可以把化身動物的困擾轉

變成一種能力！」

男孩捏著樹懶餅乾捨不得吃，又放回盤子上，率先動

筆書寫：

現在想想，都怪我太逞強，明明想睡，仍堅持帶來自怪獸國的背包客逛夜市！

半路上，疲倦感開始從手腳末端慢慢滋長，在我的血管裡生出一顆顆鐵珠子，讓我感到身體愈來愈沉重。直到連眼皮都塞滿了疲倦的鐵珠子時，我忍不住瞇著眼、放慢腳步，變成全世界行動最遲緩的樹懶。

後方遊客怨聲連連，我卻難以加速，我這才明白疲倦的可怕，就像一隻想趕進度的樹懶，多麼無能為力呀！

誠實面對自己感受

沖好茶的媽媽，享用完一片負鼠餅乾，也提起筆來：

先生出差不在家的日子，我總是特別焦慮。

昨日先生離開不久，電鈴大響，一開門，兩頭長相嚇人的怪獸遮住了外頭的陽光，我忽然眼前一黑，種種可能的情節有如快轉的電影，在我腦海中播放，我心想：「天啊，真希望這一切都沒發生！」逃避的念頭，使我變為遇到緊急狀況便裝死詐敵的負鼠，只求敵人失去興趣，快快離開。

我闔眼仰躺在地，心臟劇烈跳著，耳朵專注聆聽動靜，傳來的卻是兒子的安撫聲。啊，我想我不該再受恐懼操控，下次不做負鼠，要做冷靜勇敢的女主人！

這時，出差的先生回來了，一進家門就跌坐沙發，苦惱嘆氣：「昨天我在森林裡趕路，一時煩躁，竟然變成大象，一路把樹木連根拔起……」

亂亂和威斯頓相視而笑，男孩則興奮的抓起大象餅乾，高呼：「爸爸，換你寫囉！」

這一天，亂亂陸續烤出各種動物造型點心，而化身國的第一棟平房沉浸在書寫的安寧中，沒有人變成動物——當然，他們也期望有朝一日，「化身」能成為令自己引以為傲的能力。

化身動物

不少故事以主角變成某種動物，呈現心理或生存的狀態。這種寫法不只生動表達主角處境，也使得情節更添新鮮、魔幻。在書寫時，不妨從以下三個步驟，思考事的架構。

A 情境說明

主角遇到的狀況或難題，通常也與角色設定（個性、興趣、工作或日常習慣等）有關。

範例：

口頭禪是「隨便」、「都可以」的小琪，不喜歡發表意見，總覺得任何事交給別人決定，是最輕鬆的解決方法。直到有一次爸爸召開家庭會議，討論搬家事宜……

B 動物對應

依照情境設定，思考相對應的動物，可從動物的特徵、習性或能力考慮。

範例：承(A)

會議前一晚，爸爸還開玩笑：「小琪這次可別像鸚鵡，要表達意見喔！」沒想到一覺醒來，小琪竟真的變成一隻鸚鵡。身為全家唯一不想搬家的成員，小琪沒辦法訴說心聲，只能重複別人說過的話，她急著拍翅呼叫：「贊成搬家！贊成搬家！」大家還以為她正在興奮慶祝呢！

C 結局安排

無論是否變回人類，在變身的過程中，主角（以及旁人）處境、心態是否有所改變。

範例：承(B)

搬到新家的小琪，儘管感到傷心，也開始學習新的生活方式——表達意見。她用腳爪沾油墨，在紙上寫出心聲：「雖然目前我還是隻鸚鵡，但我不再人云亦云。希望哪天變回人類，我會珍惜為自己發聲的每一刻！」

4 撥動鐘針的速速國

豔陽高照的七月，智慧獸威斯頓和噴火怪亂亂從化身國回到怪獸國，已將近一個月了。這段日子，威斯頓發現自己老是抬頭察看牆上掛鐘，又心不在焉的把書翻往下一頁，就連「小小智囊團」帶著剛完稿的《小怪獸寓言集》前來請益時，也忍不住問：「威斯頓長老，您是不是有什麼急事，怎麼一直留意時鐘呢？」

速速國的肚子鐘

雖然沒什麼要緊的事，但威斯頓內心的確是急切的，重啟旅程的渴望催促著他。

「是時候了！」他將「小小智囊團」留下的《小怪獸寓言集》文稿放進行李，興奮的攤開地圖，一看到位於怪獸國東南方的國家，立刻會心而笑──「速速國」像一位知音發出邀請：「請在太陽下山前趕來吧！」

隻身造訪時鐘博覽會，被千奇百怪的大鐘圍繞的感覺就是如此吧！在「滴答滴答」整齊劃一的聲響中，落日替速速國居民的身形描繪了一圈圈金色輪廓，無論是四方窄長或圓滾厚實，大家的肚腹都鑲著一塊倒放的鐘面——想確認時間只需稍稍低頭，往肚子一瞥即可。

前方一前一後朝威斯頓走來的姊弟，正壓著下巴，俯視著「肚子鐘」，蜂蜜般澄黃的秒針、尖端裝飾著工蜂圖樣的黑色分針與時針，像盡責的蜂族，堅守時間的崗位。

撥動鐘針的魔法

「砰！」威斯頓被姊弟倆撞得眼冒金星時，大概還無法預料，這一撞彷彿按下碼表計時器，成為美好緣分的起點。

沒詢問過爸媽，姊姊「剎娜」和弟弟「阿瞬」便牽起威斯頓的手，邀請他到那不知該稱呼為家還是儲藏室的窄小空間作客——從門、靠牆的櫥櫃圍出宛如蜂蠟巢室的正六邊形房間，兩張吊床勾在櫥櫃間。

「爺爺，請問您都幾點起床呢？」剎娜問道。

威斯頓背對發問的剎娜，拿起行李，打算另找地方過夜，「我啊，五點就想出門走走看看啦！」再回過身，房裡只剩阿瞬與自己了。

「別擔心，姊姊是故意消失的，這樣剛好爺爺一張床、我一張床囉！」阿瞬解釋：「在速速國，如果想避免經歷某事，只要撥動鐘針，就能跳過那段時光，到鐘針指定時刻再出現。」

說完，阿瞬便將分針前移一格，接著就像電視切換頻道，眨眼間不見身影。

威斯頓只得等著「漫長的」一分鐘過去，當阿瞬回到眼前，他立刻發問：「跳過的這段時間裡，你們到哪去了？難道不怕回不來嗎？」

阿瞬聳聳肩，「我們也不清楚，但如果可以避開麻煩讓一切更順利，這問題一點也不重要呀！」

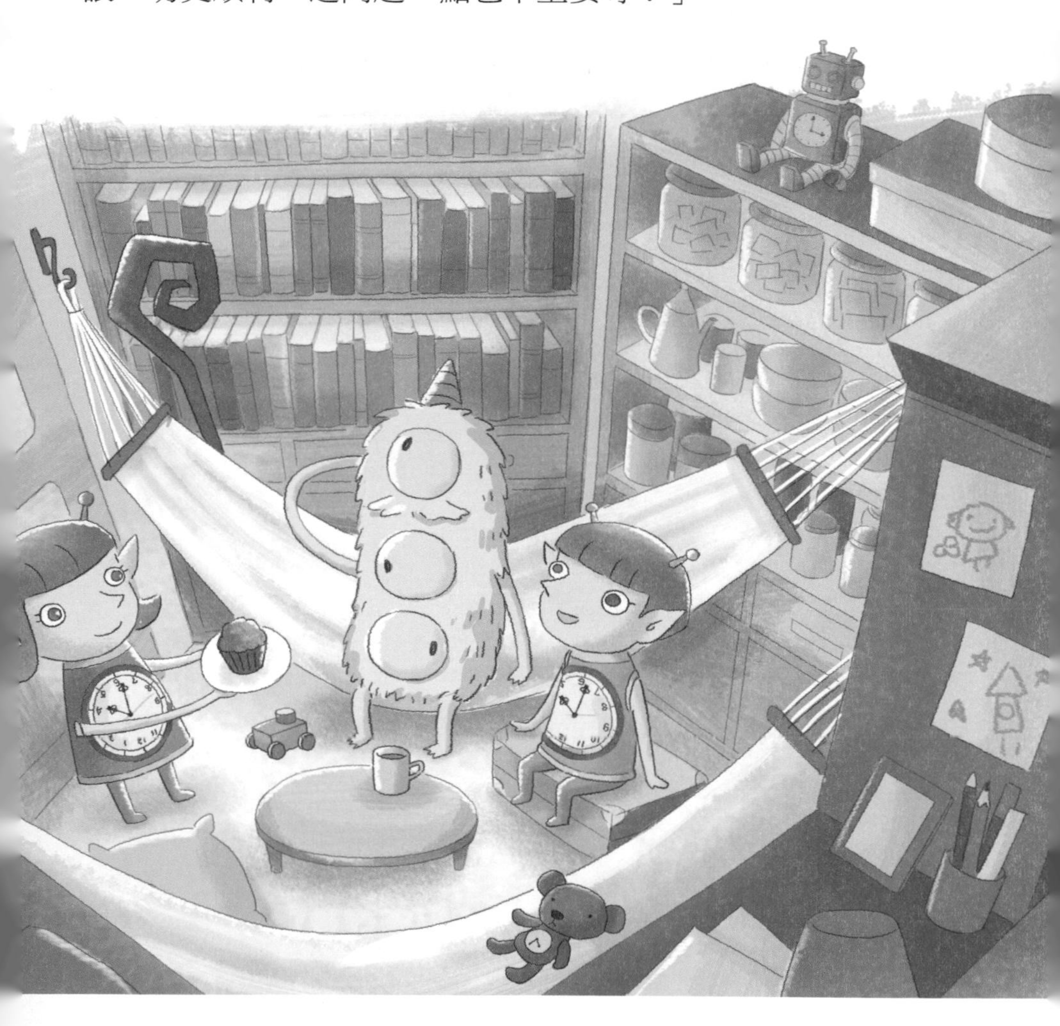

時間和字的比賽

速速國帶來的震撼，加上吊床實在不適合年邁的身體，難眠的威斯頓拿出《小怪獸寓言集》初稿，隨意翻至〈時間和字的比賽〉。

故事中，時間向字宣戰，看誰能抵達永恆——「時間」加速往前跑，卻令綠葉凋零、使青春少年成為老者；

而「字」帶著老人回到年少時期最快樂的一刻，與初戀情人第一次約會，清風搖晃樹梢，吹下幾片嫩葉，女孩連忙撥弄被風吹亂的髮絲，露出清秀的臉頰。他出聲向女孩打招呼，驚動了鴿群，兩人便從撲翅的巨響、交錯的翅影中凝望對方……那鮮活的紀錄彷彿不受歲月影響，成為永恆的記憶。

於是，「時間」俯首稱臣，「字」贏得了比賽。

清晨五點十分，剎娜已回到房裡輕手輕腳的打掃，威斯頓打量了一會兒，說：「妳看起來也像睡過一覺，精力充沛的模樣，這時間妙法真是太不可思議了！」

「不過，就算能朝未來跳躍而去，我們還是對時間的流逝無能為力，既沒辦法回到過去，也無法留住一分一秒啊！」剎娜說完，瞧了一眼櫃子上的慶生照片，發出若有似無的嘆息聲。

永恆的剎那

「剎娜，那些珍藏的片刻，即使短暫，都將成為在腦海裡釀造的蜂蜜喔！」威斯頓告訴剎娜在〈時間和字的比賽〉裡，「字」是如何贏過「時間」的。只要緊扣著事件最動人的片段書寫，文字將如慢動作播放，所有細節被無限放大；又如鏡頭運鏡，呈現短暫時光裡，主角的所見所感是多麼富有層次，多麼豐富。

剎娜點點頭，試著寫下慶生那晚最難忘的片段——

爸媽離家到「一字千金國」工作的前一晚，是我的十歲生日。黑暗中，透過燭光看著媽媽，她的笑容又暖又亮，鏡子般的眼睛映著蠟燭和腮幫子鼓滿空氣的我，我憋著嘴，捨不得吐氣。這麼微弱的火焰，卻照亮了我們家每個人的臉蛋，我流連的看著，爸爸邊唱歌邊拍手，爬滿勞動痕跡的大手掌一揙，搖曳的燭火就和阿瞬貪饞的舌頭一樣，一縮一伸，想偷偷舔一口蛋糕呢！

「生日快樂喔，剎娜！」燭火一下子就被吹熄了。在開燈之前，我的願望彷彿成真，繚繞的白煙，像一條白緞帶把全家人永遠綁在一塊。

我的名字與形容時間短暫的詞語「剎那」同音。一剎那是0.018秒，雖然很短，但我知道它就像爸爸媽媽留給我的回憶，是通往永恆的祕密。

威斯頓讀到這裡，真希望肚子上也有一面鐘，他要壓住鐘針，暫停時間，好好擁抱剎娜和阿瞬。這回多虧「小小智囊團」的《小怪獸寓言集》，化解了剎娜的心事，他打算趁告辭前，和姊弟倆分享幾則寓言，感謝這段「不撞不相識」的情誼。

瞬間的描述

我們雖然無法暫停時間，或調慢時間的流逝，但文字具有「延時魔法」的特性，在主觀的心理、生理感受影響下，「瞬間」變得充滿細節、有情感層次。不妨從下面三個角度，思考瞬間中的無限可能喔！

A 放大細節

有如放大鏡，細細描刻畫面或呈現細處變化。

範例：

等了半小時的公車，終於見到期待的車影。方正車頭上醒目的標示出路線車號，似乎剛結束加冕儀式，正帶著皇冠出巡而來。巨大穩重的車輪駛過柏油路面，鎮壓了溽暑的焦躁不平。

B 放慢速度

有如慢動作播放，不急著將情節一語道盡，並加上運鏡，帶領讀者移轉視線。

範例：承(A)

我用力朝司機揮手，有如招呼久別重逢的友人。當車頭離我愈來愈近，颳起的沙塵像為了迎接它而燃起的鞭炮，我的手還未放下，公車帶著煙硝味擦過我的鼻息，一點一點超出我搖動手臂的範圍，我跟著車身轉向，貼在車外的廣告人物早已準備好與我賽跑，掛著得意的笑容一下子就闖過公車停靠區。

C 呼應感受

在書寫時，別忘了將心境、感受融入敘述中，使外在事物與內在感受合一。

範例：承(B)

公車駛遠，不忘排放一團黑煙，嘲笑我的自作多情，留下黑臭的詛咒，使我心灰，失去等待下一班車的耐性。

5 暗藏玄機的一字千金國

一個字，價值多少呢？在人類世界，「一字千金」源自戰國時代商人呂不韋集合三千文士編寫《呂氏春秋》，完成後為了炫耀成果，在城門處展示，邀請眾人挑出可更動之處，改一字便可得千金獎勵。在怪獸國世界，則有著「一字千金國」……

一字通關的夢想國度

在怪獸國南端山茶花林外，聳立著巍峨堂皇的城門，黃金鑄造的「一字千金國」五枚大字，在南方豔陽下反射著燦美光芒。「千金」一詞，吸引眾多懷著發財夢的打工族前來，有的工作數年後，滿載而歸；有的歡喜接來家人，從此美滿定居。

此刻，城門外的排隊行列中，智慧獸威斯頓凝視著手中的相片。那是「速速國」姊弟剎娜與阿瞬聽到威斯頓將前往一字千金國時，從相框取下的全家福照，請他若遇見爸媽，能代為轉達思念。

臨別時，威斯頓從行李箱中拿出《異國奇聞大全》，朗讀簡介：「想踏進一字千金國城門，須先交出一字，由『測字官』負責檢定，通過審核者方可入境，不合格者不得入內——太有趣了！要是你們，會交出什麼字呢？」心中已有定見的威斯頓，詢問姊弟倆的答案，那兩字便印上他的心頭，隨著他來到一字千金國門口。

映照人心的智「慧」

輪到威斯頓了，測字官檢閱他的申請單，溫文儒雅說明：「老先生，您寫的『慧』，意思是聰敏、具備才智，這說明了您對自己的認同。而『慧』的上半部是一隻手持著掃帚，下半部是一顆心，您必定是個勤於掃除心靈、謙虛自省的人；彗與心合體為一字，就像彗星劃過天際時映亮人們的心，我想您將能為迷惘者指點迷津。請進吧，歡迎來到一字千金國！」

不只獲得入境許可，威斯頓還領到一本字典，封面印著「千中選一，一字千金」，沒想到突如其來的一陣怪風，吹開紙頁——咦？這真的是字典嗎？每個字除了讀音、部首，竟沒有任何字義解釋！

威斯頓用三顆眼睛仔細檢查，確認不是印刷失誤後，反而笑著自言自語：「嗯，真是一部好字典呀！」

將來自速速國的照片夾進字典，威斯頓前往剎娜和阿瞬父母親工作的地點：鑄字工廠。這是一字千金國最古老的產業，專門製作各種尺寸的黃金字塊，因為這兒的人們是藉由贈字傳達心意。

長年經驗累積，工廠已掌握哪些字需要量產，哪些字定期補足基本數量即可；當然，這裡也接受顧客下訂，打造冷僻罕用的文字。

「恆」久守望與思念

離工廠愈近，熱氣愈難招架。出入的員工渾身衣物被汗浸溼，高溫也令他們的雙頰與鼻尖泛起一片赤紅。威斯頓留意著那些紅暈中的五官，想核對出與照片相符的兩張臉蛋。

吃完廠區小餐車燙着「千金」字樣的烙餅，一對似曾相識的夫婦自眼前走過，威斯頓連嘴都來不及擦，便追了上去：「剎娜、阿瞬的——」

行走的背影停頓下來，驚喜又茫然的回頭。威斯頓遞上字典，請夫婦翻開夾著照片的那頁，「這是你們的女兒請我帶來一字千金國的字。」

威斯頓一邊說，腦海一邊浮現剎娜寫下的慶生回憶，也想起不久前測字官如何從字本身的意義、字貌的聯想、拆解字形後浮現的意涵，多方解讀一個字，因此他決定代替剎娜向父母解字：

「恆」的右側是「亙」，指的是延續不斷的時間與空間，左側是站立的「心」，彷彿來到異國的爸媽與故鄉的小姊弟，佇立在兩地，守望、掛念著對方。

仔細看，「亙」像是上下兩隻手交握，在雙掌間共同護持夢想，

期待著團圓那日的到來！而「恆」意指長久、不變，我想剎娜是想告訴你們，雖然她的名字象徵時間的短暫，但你們帶給她的種種回憶，都是永恆的珍寶！

「現」出濃厚家族情

工廠發出氣閥轉換的巨大聲響，熱霧自煙囪湧出。捧著字典的媽媽抹著溼潤的眼角，「那麼，阿瞬呢？有阿瞬的字嗎？」

威斯頓往後翻動紙頁，指著「現」字，爸爸激動的點了點頭：

我的名字是「天干」，孩子的媽叫「地支」，「干」和代表「地」的「土」字重疊在一塊，成為了「王」字，正是「現」的左側。「見」到「王」，不就是見到天干與地支的意思嗎？我好像能聽到阿瞬這小子撒嬌的吵著想和我們相聚呢！

媽媽也舉起右手，在空中比劃：

「王」是三橫再加上一豎吧！三月一日，是剎娜的生日呀！體貼的阿瞬是不是在提醒我們別忘記姊姊十一歲的生日？最好的生日禮物，一定是能見到彼此，像過去一樣圍著蛋糕慶生吧！

「但是哪能說回去就回去呢？」媽媽忽又沮喪的垂下手，嘆息般說著。

威斯頓看著夫妻倆透過對兒女的了解與愛、一家人的生命經驗，從一個字解讀出這麼多情意和期盼，感動得滿臉通紅發熱。原來字不一定只能由字典賦予意義，他想在最後藉由「現」字，給予這一家人祝福：

「現」是現在，也是出現、現身。就像一扇毫無時差的任意門，你們看見這個字的此刻，就像旋開門把，阿瞬和剎娜也來到這裡，與你們同在。「現」更是實現，很快的，你們的夢想都會成為現實！

媽媽將全家福相片壓在心口上，安慰的笑著。爸爸緊緊握著威斯頓的手道謝，許久才放開。

接著，他們往工廠方向走去，討論該挑選什麼字，等到存夠錢了，就要買下字塊，寄給比千金還寶貴好幾倍的孩子們。

說文解字

在字典中，字被賦予客觀的意涵，而字更會隨著使用，與人產生緊密連結，凝鍊了情感、期望，或對某事某人的紀念。不妨從以下三個角度思考，締造字與你的專屬關係！

A 字貌聯想

透過字的樣貌、想像形似的事物。

範例：

「回」是一張方桌，擺在四方牆面中央。「我回來了！」只要這樣一喊，我所愛的人們就會圍坐方桌，笑聲便在四牆間迴盪。

B 字體拆解

有些字能拆開為兩個以上的字組，而這些字可引發另一種聯想、感受。

範例：

「默」是一頭黑色的老犬，牠守在我的心房外，不允許任何人探問和進入。

C 個人經驗

字本身的意涵，對你來說有何特別意義？或者融入某回經驗，凸顯這個字的重要。

範例：

初學書法時，我不解半年來，老師只讓我反覆書寫「一」的用意；後來我才明白，「一」是專一，是將一件事練習到極致。奠定了「一」的基礎，才有二、三，與其他可能。

讓色彩再現的灰階國

智慧獸威斯頓在《異國奇聞大全》最末附錄的〈消失國名錄〉裡，讀到一個可愛的國名——「調色盤國」。他翻出地圖對照，發現這個曾經座落在怪獸國西南方的國家，其實並未真正消失，為了更詳實了解，威斯頓背起行囊，前往「調色盤國」的現址。

黑灰白灰階國

一抵達目的地，威斯頓便引起不小的騷動，灰撲撲的人們包圍著他，貼在他跳動著綠色光波的眼睛前好奇打量。

威斯頓心情鎮定，從人牆縫隙望出去，後頭是一片被黑灰白占據的世界。是的，這裡就是調色盤國——不，現在應該稱為「灰階國」！

「請各位借過一下，謝謝！」一位斜戴鐵灰色貝蕾帽的老人擠開人牆，來到威斯頓面前，「您好，我是灰階國最年長的畫家『秀啦』，您是怪獸國的前任長老嗎？我曾看過『長老選拔』的國際新聞報導，對您三眼的色澤變化印象深刻，現在親眼見到這麼鮮活的綠色，真是太感動了！」

秀啦一開口就停不下來，威斯頓便隨著這位比他年邁許多的畫家步行，沿路聆聽調色盤國與灰階國的故事。

漸漸褪去的顏色

七十年前，調色盤國曾是最繽紛、彩度最飽滿的國家，就連怪獸國邊界的山茶花樹林，朝著西南方開的花，不知為何總是格外鮮豔。

但在保守拘謹的新任國王繼位後，發布全國物品只能使用白、黑、深淺灰色的命令，那陣子一批又一批的垃圾車滿載五顏六色的物品，駛進掩埋場與焚化爐。

起初，全國有如辦主題派對，賣場湧入採買符合規定的衣物及家用品的人潮，洋溢新鮮奇趣的氣氛；不過，隨著樓房、街路設施刷上新漆，黑灰白漸漸蔓延，人們只能暗自慶幸：幸好還有藍天、小黃狗、綠油油的草地。

老畫家秀啦打開畫室大門，一邊為這段歷史收尾：「大家沒想到的是，有一天連大自然也放棄了這塊土地，將色彩全面收回，調色盤國從此更名為灰階國。」

找回顏色大作戰

「假如每個觀光客都留下外來物品，是不是就能把色彩一點一滴帶進灰階國？」威斯頓問道。

面對威斯頓的提問，秀啦伸出灰色雙掌，盯著指節上的黝黑紋路，「你看，只要待上一段時間，不論是什麼物品，就連我們的身體也會逐漸褪色。」

這真是太悲傷了，智慧獸威斯頓從來沒有這麼備感無力。他想起怪獸國「聲藏館」的聲音檔案曾全數遭竊，全國陷入一片寂靜，後來仰賴大家摹寫聲音印象，成功讓聲音重現。

可是，現在這裡的居民大多是在改制為「灰階國」後才誕生，對於「顏色是什麼」毫無概念，就算是經歷過「調色盤國時期」的人，也只記得五顏六色的美好，難以準確描述色彩的特質，究竟該怎麼讓他們感受到色彩呢？

老畫家撫摸擱置多年的畫具，和堆在牆角已分辨不了當初使用哪些顏色的畫作，嘆息道：「我懷念那些繽紛，每種色彩從雙眼進入我的生命，打開心門而勾動的種種感受，豐富了我的生活。不像現在……」

這番話反而為威斯頓指引了方向，他的三顆眼睛終於又閃爍著靈光乍現的黃光。

色彩的各種感受

第三天，畫室擠滿了灰色人群，大家簇擁著威斯頓、秀啦和另外兩位長者。

「能察知顏色，是來自視覺的捕捉。雖然想對沒見過色彩的大家重述顏色，幾乎是不可能的任務，但我們能打開其他感官，以『移覺』的方式，透過聽、嗅、味、觸覺體會，描述顏色帶給我們的感受或營造的情境。」威斯頓率先開場。

接著，秀啦第一個發言：

「那麼，我們就先從紅色開始吧！我熱愛紅色，特別是秋風裡，滿樹楓葉竊竊私語，沙沙沙、沙沙沙，講著紅色的情話。

我拿起畫筆寫生，紅色筆觸在畫布上唱著歌，沙沙沙、沙沙沙。完成畫作後，我滿足的搔搔畫家帽，手上的紅顏料也順勢抹上去，像是風從畫中吹落兩片楓葉，停降在帽子上！」

一旁的老廚師接話：

「我也愛紅色。早晨，我採收還沾著露珠的辣椒，那溼潤的紅色握在手中，光滑又冰涼。隨著切剁，廚房彌漫著辛嗆，彷彿引爆了一枚紅色煙霧彈。

將碎椒與調味料拌勻後，只需半匙鮮紅，便有如火球入喉，一路灼燒到胃腹。待熾熱退去，留下的是通紅的雙脣，與口中的溫潤回甘。多麼迷人、層次豐富的紅色啊！」

輪到另一位長者開口：

「我想說說黃色。小時候，我最愛觀察剛出生沒多久的小雞，抖擻著一身毛茸茸的嫩黃，牠們在田埂上探險，踩過溼軟的土黃小路，直到太陽冷卻為橙黃，才乖乖回到窩裡休息；晚風輕拂，檸檬黃的月光中流淌著一股沁涼的清爽——是這些黃色為我構築快樂的童年。」

重回繽紛時代

這時，秀啦的鐵灰色貝雷帽起了變化，先是浮現兩抹紅色印痕，接著整間畫室像被施了魔法般，紅顏料、黃顏料、紅鈕扣、黃窗框……在一片灰黑之中，紅色和黃色的事物顯耀而出！

喝著牛奶的小孩忍不住發話：

「白色，我喜歡白色。白色是熱牛奶沾在嘴角，溫暖又甘甜的顏色。」

即使原先就存在，白色事物卻也像經由這句話，重新在這世界誕生般，變得更加柔和純淨。

滿室歡笑中，威斯頓和老畫家秀啦打算晚點再說說藍色——等到紅、黃、藍三原色都到齊了，將能調出紛呈的色彩。那時，〈消失國名錄〉和地圖勢必要修改一番，灰階國也將走入歷史，迎向新的繽紛時代。

轉移感官描寫

「移覺」是將某種感官的感覺移植到別的感官上，從另一種角度刻畫；若使用得夠精妙，將能展現別出心裁的文字美感。運用移覺時，不妨試著加入以下修辭，看看句子會有什麼發展吧！

A 譬喻法

透過「好像」、「譬如」、「彷彿」、「是」等詞語，將要描寫的感官過度到另一種感官知覺。

範例：

夜裡，烏鴉的哀啼彷彿苦澀的咖啡，逼人入喉後換來一晚難眠。（聽覺→味覺）

B 誇飾法

以誇張的敘述，使描述過度到另一種感官時更有張力。

範例：

那臭氣隨鍋蓋一掀，不輸上萬支箭齊發，銳利擦過鼻腔，痛徹心肺。（嗅覺→觸覺）

C 擬人法

假借擬人的行為、動作等，作為兩種感官移轉的銜接，也能製造趣味喔！

範例：

競選宣傳車沿途大聲催票，自擴音器吐出一袋袋蒼白的口頭支票。（聽覺→視覺）

7 閱讀無邊界的百書國

親愛的威斯頓長老：

下週是「百書國」三年一度的「閱讀狂歡節」，力力和我將利用國界看守員的特休假期前往。想起您對閱讀的狂熱與歡快，誠摯邀請您同遊。

獨眼怪大大敬上

還在協助灰階國重現色彩的智慧獸威斯頓，收到來自家鄉的信息，「閱讀狂歡節」五字彷彿霓虹招牌，吸引、招呼著他，因此在灰階國恢復舊名，成為名副其實的「調色盤國」後，威斯頓立刻與獨眼怪連體雙胞胎會合。

百書國閱讀狂歡節

為了節慶，百書國橫空拉起無數印著「書有一百種樣貌」的布條，處處懸掛書冊風鈴，隨著人潮和風的撩動，傳來翻動書頁的連綿聲響。愛書人集結於此，有的扛來古老藏書，擺起舊書挖寶攤；有的直接在街頭來場好書朗讀擂臺。如果真有所謂的「書香」，這兒一定是世界最芬芳之處。

這「五目旅行團」——一隻眼睛的大大、三隻眼睛的威斯頓，興奮瀏覽書香鬧街、扉頁市集；唯有另一隻眼睛——力力，眼瞼低垂，提不起勁的嘀咕：「什麼一百種樣貌呀！書不就是『那樣』嗎？」

面對力力的反應，兩個旅伴並不意外，撇開身體相連的限制不談，喜歡戶外運動的力力沒有抗拒、猶豫，便隨熱衷閱讀的大大遊訪百書國，已是最大的體貼。

「嘿，力力，那兒有間小學，我們去看看吧！」為了讓力力也有參與感，威斯頓領著獨眼怪連體雙胞胎走向百書國小的操場。

書的一百種樣貌

下午一點的操場和校外一樣熱鬧，小選手們正進行足球賽，場邊聚精會神觀賽的學生也不少，力力向專心記錄賽況的孩子問好：「嗨，你是哪一支隊伍的小祕書呢？」

「不，我是在做閱讀筆記呀！」孩子爽朗回答。

力力好奇追問：「閱讀？」

「是啊，你是觀光客吧！在百書國，書不只是印有文字或圖畫的冊子，透過任何形式，傳承經驗、文化知識，譜寫故事情節，給予感動或啟發，具有調劑生活、達成溝通、激發思考等特質的人事物，都屬於書的一種喔！重點在於閱讀，我們從小就不斷練習從周圍環境、人物、大小事件……各種形貌的書中，獲取思想的寶藏呀！」孩子笑著說明。

球賽結束後，威斯頓邀請孩子聊聊「閱讀球賽」的心得——

觀看球賽就像是閱讀一本精采絕倫的歷險故事，平時的玩伴們踏進球場後，變成一支集結各路英雄的隊伍，大夥通力合作，求得踢破敵方大門的機會。

循著情節發展，球賽一書敘述了人性的堅強與脆弱，有時又追又摔，努力突破重圍，為夥伴製造奪分時機；有時輕敵的傲氣，讓對手一下子追平分數。

而最感動的當然是結局時，無論輸贏，雙方彼此擁抱，相互讚許鼓勵，化敵為友。每一回闔上這本書，我內心的悸動仍然持久不息。

奶奶生活小百科

其他的學生也聚集過來，圍著來自怪獸國的三名遊客，分享自己的閱讀經驗。一個女孩以奶奶為書：

我的奶奶是一本生活小百科，任何疑難雜症，她都能依據長年經驗，以獨門小訣竅解決問題。天氣炎熱時，我

想喝一杯冰飲消暑，家裡卻只有常溫飲料，奶奶就把包裹著沾溼紙巾的果汁罐，放進冰箱，沒多久便有沁涼的果汁享用。

我常閱讀奶奶的一舉一動，從中學了不少實用小常識，更看見奶奶在細微處展現的生活哲學，使我也懂得隨機應變，並懷著感恩的心情度過每一天。

閱讀一朵山茶花

女孩說完，反問：「那你們呢？你們有讀過什麼不同樣貌的書嗎？」

大大覺得身為書迷，理所當然該回答這個問題，但才要開口，力力已經悠悠說起：

我來自以山茶花林為國界的怪獸國，當花期進入尾聲，花叢開始凋萎，就是我負責看守稀疏樹林以保衛國家的時刻。

山茶花與多數花朵離情依依、一瓣一瓣掉落不同，它總是連同花萼整朵墜地，絲毫不拖泥帶水。果斷落下的山茶花，像享受過燦爛美好的一生，揮揮衣袖滿足而去，鮮豔的落花在泥壤上慢慢褪色，成為滋長山林的養分。

大自然蘊藏生命的奧妙，從不吝於分享智慧，它是一本巨型立體書，而〈山茶花〉這一篇章，我日復一日閱讀，百看不厭。

踏出百書國小，大大發現力力變得自在放鬆，遊逛書街的眼神也流露出興味，不禁替他開心，卻又忍不住捉弄：「力力，原來你工作時都忙著閱讀啊！」

力力抬眼看了看布條上「書有一百種樣貌」的字印，回嘴道：「當然囉，現在我要找到九十九種，湊齊一百種書！」

「拜託——力力，那個一百是表示『多』的意思，才不是指真的數字咧！」大大朝天空看了一眼。

迷人的連體雙翻書

威斯頓走在力力和大大身後，聽著兄弟倆又是鬥嘴、又是一陣論辯後達成共識，因此欣然而笑。

在書頁風鈴的伴奏下，威斯頓覺得力力和大大就像一本雙翻書，從左至右、自右往左翻閱，由兩端開展的故事是多麼截然不同，然而情節總會在書的中心相遇，有了巧妙的契合，使故事成為一個整體。不一致卻又和諧相融，是雙翻書迷人之處——也是力力與大大這對連體雙胞胎值得被「好好閱讀」的原因啊！

「回國後，是不是也該策畫一場閱讀狂歡節呢？」威斯頓迫不及待要和怪獸國的大家分享閱讀「旅行」這本書的點點滴滴啦！

書的不同樣貌

談到閱讀，讓我們從「書」的狹義定義「有文字和圖畫的冊子」跳脫出來吧！試著從以下三個角度思考，開拓閱讀的可能性，並呼應書的特性與功用。

A 人

閱讀一個人的樣貌、所作所為或內心世界。

範例：

閱讀媽媽熟睡的臉，我在她緊縮的眉心，讀到媽媽睡夢中仍無法安歇對家中經濟的擔心；在眼角的皺紋中，讀到媽媽將青春交付給我們一家大小。（呼應書的功能：譜寫情節）

B 事件

閱讀事件的前因後果，在過程中展現的人性、精神，以及獲得的啟示。

範例：

雖然這次演講比賽失利，但在深刻反省中，我認識了自己疏於背稿的惰性，也在其他參賽者身上閱讀

到，只要做足準備就能自信以對的泰然自若。（呼應書的功能：給予啟發）

C 萬物

閱讀動植物或物品的特色。

範例：

小豆苗努力往上攀長的身影像一本小書，我不只了解豆芽成長的過程，也隨著它的生長狀況感到緊張或開心。（呼應書的功能：傳遞知識、調劑心情）

有聽不一定有懂的語諧國

遊歷過數個國家，智慧獸威斯頓近日在家中埋首書寫，計畫將沿途見聞一一記錄，雖未言明謝絕訪客，但大家都心照不宣，忍住想登門敘舊、討教的渴望，留給威斯頓全然靜謐的書寫時光。

一箱布丁之謎

不過害羞獸大耳已按捺不住，他帶著蜜月旅行的伴手禮，踮起腳尖從窗戶往裡瞧，平時掩住害羞面容的長耳朵，也因為想聽清楚書桌前的威斯頓正在嚷嚷什麼，斜斜往後掀敞開來。

連電鈴都沒按，大耳一臉心有所悟的離開，轉往「噴火怪餅乾店」。他將伴手禮梅子醬送給噴火怪亂亂，接著又拿出包裝精美的鋼筆盒：「好像……不應該送長老這個。」

亂亂撕下醬瓶封口，印著「日日梅好」的果實形商標實在太可愛了，索性往廚房牆上黏貼，隨口問道：「是嗎？那你覺得長老需要什麼呢？」

「我想是——一箱布丁吧！」大耳這樣說著。

逸香不叮防蚊香霧

隔天早晨，威斯頓被濃郁的甜香喚醒，家門外，九個胖墩墩的香草布丁在紙箱裡排排站。威斯頓又驚又疑的察看，布丁們隨著移動的箱子輕輕搖晃身軀，像九位相撲力士進行暖身操，「能烤出這麼完美的布丁，全怪獸國只有他啦！」

亂亂接到威斯頓的道謝電話後，找了大耳一起拜訪威斯頓。沙發還沒坐熱，大耳便尷尬說明「一箱布丁」的始末：「這是……我和小曖蜜月旅行帶回來的防蚊香霧，往四周噴灑，蚊子就……就不會再出沒了。」

威斯頓接下與掌心等大的玻璃瓶，念出上頭秀氣的浮雕字體：「逸——香——不——叮！」

亂亂嘀咕：「聽起來就是『一箱布丁』嘛！我一聽到大耳說您需要一箱布丁，就趕忙送來啦！」

諧音的趣味

威斯頓笑得渾身如Q彈布丁般打顫，「這就是諧音的趣味呀！所謂的諧音，是指字詞的音相同或相近，而諧音雙關就是利用讀音的特色，讓字詞除了本身的意思外，還多了諧音帶來的另一層涵意。例如送禮時忌諱以鐘贈人，因為『送鐘』聽來像是為人辦喪事的『送終』；而戀人避免分食一顆梨——」

「深怕吃了就會『分離』嗎？」亂亂想起貼在廚房牆上的標籤，「大耳送我的梅子醬叫作『日日梅好』，也是諧音雙關吧！暗示吃了果醬能讓一天都變得美好！」

「沒錯！可是現在已經十一月，沒什麼蚊子啦！大耳，你為什麼認為我需要防蚊香霧呢？」威斯頓好奇的問。

原來，大耳那天從窗外見到威斯頓在書桌前焦躁踱步，雙手朝空揮抓，一邊「蚊子、蚊子

啊」的抱怨，便決定將禮物更換為防蚊香霧。

這下威斯頓更是笑得三隻眼睛閃爍如霓虹，「噢，我真抱歉，大耳！我想那時候我一定是寫到瓶頸處，才會『文字、文字啊』的叫喊幾聲發洩！」

語諧國的雨鞋幽默

真相大白！經過一連串的諧音解謎，威斯頓一掃寫作不順的鬱悶，「大耳，介紹一下蜜月拜訪的國家吧！」

大耳有備而來，拿出相簿：「最初……小曖提議去這兒時，我、我還以為是個多雨的國家，連國名都

叫雨鞋啊！」

第一張照片是刻著「語諧國」的高聳城門，門前設立兩雙雨鞋雕塑供遊客踏穿，與城門合影，展現了諧音的幽默。

相簿翻至商店街，更能見到語諧國民善用諧音雙關的功力，形形色色招牌高掛，位置巧妙交錯，有「一堡口福——漢堡專賣店」、「絕美鏡界——攝影公司」、「心書暢——書店」……商店街最後一張照片，是大耳捧著提袋和鋼筆專賣店老闆的合影，「啊！這就是我原先要送您的伴手禮呢！」

鋼剛好精品鋼筆

威斯頓繼布丁、防蚊香霧後，收下第二份禮物。打開盒蓋，裡頭躺著一枝光芒內斂的藍灰色鋼筆，與一張介紹小卡。

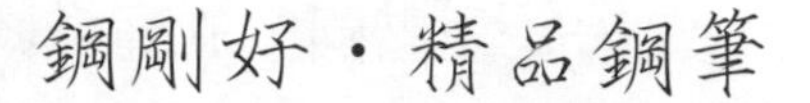

熱衷寫作的人總是夢想擁有一枝自己的鋼筆，渴望在孤獨的寫作之路上，多一名親密夥伴、不離不棄的戰友。我曾為此四處尋筆，但下場不是苦於筆身太沉重，寫作成了疲疼的負荷；就是被不穩定的出墨量捉弄，彷彿遇上脾氣難以捉摸的戀人，讓人心力交瘁。

於是，我展開研發之路，反覆試驗，發現「不多不少」就是完美鋼筆的關鍵。我使用高品質鋼材，打造穩而不沉的筆身；精細鑄造的出墨口，維持均勻流量。只要具備剛好的筆身重量、剛好的墨汁出水量，便能支持寫作者完成刪一字顯匱乏，增一字則累贅——剛剛好的作品。

如今我自創鋼筆品牌「鋼剛好」，每一支都是為使用者設想得剛剛好的鋼筆。「鋼剛好」，就是最好！

威斯頓忍不住讚賞：「他不只寫出創業原因，也運用諧音雙關，標示出產品內容，同時將產品特色、製造者的自我期許與對使用者的祝福，融入於諧音字中，使產品除了實用性之外，意涵也更加豐富！」

雖未實際到訪語諧國，威斯頓已決定寫完遊歷後，要為這可愛的國家另記一篇，而且有了「逸香不叮」蚊香和「鋼剛好」鋼筆助陣，他相信無論是蚊子或文字瓶頸，都不再是困擾！

諧音雙關

「諧音雙關」是指一個字詞除了本身的意義之外，同時包含另一個同音或讀音相近字詞的意義。

有人透過此法，將想說的話藏在字面下，例如李商隱一句「春蠶到死絲方盡」，以「絲」與「思」諧音，說明深刻的思念，也帶來閱讀上的趣味。

接下來，以「情人節」為例，示範諧音雙關短文的構思流程。

A 羅列同音或近似音的字詞

範例：

與「情」讀音相同或近似的字有：晴、請、琴、勤、擒。

B 挑選一字詞，設定其延伸意義

範例：

勤人節→必須當個勤快的人，努力獻殷勤的節日。

C 串聯兩字詞的意涵，成為一篇短文

範例：

二月十四日即將到來，整座城市便為「勤人節」動員起來。餐廳勤快布置，打造夢幻氛圍；巧克力商與禮品店大張旗鼓推出促銷企畫；花店人員勤奮包裝一束又一束玫瑰。當然，最忙碌的就是戀侶了，為安排節日活動勞心勞力，只求做一日的浪漫勤人，得相守一世的情人呀！

給我數據、其餘免談的0.421國

遷徙獸一家周遊怪獸國，與朝陽同時現身販售醒神湯，堪稱「賴床救星」，終於卸下老舊攤車，要買房子了！最近爸爸遊俠攜著迢哥與遠妹一雙兒女「手忙手亂」的沿街道別，幾乎每隻觸手都被居民牽起，居民們又是不捨、又是祝福的說：「一路順風，以後醒神湯的苦香氣只能入夢回味啦！」

0.421國追求零誤差

遷徙獸的新居不在野獸國境內，遊俠和過世的太太在年輕時曾有一趟長程遷徙，旅遊數個國家推廣醒神湯，當時有一個國家深得他們喜愛，每次決定好攤車營業地點，總要停滿一週才心滿意足的拔營離開。他們在那兒經歷了十個販賣地點，度過快樂的七十天。

那就是0.421國，號稱全世界最小的國度，緊鄰怪獸國西側疆界，0.421平方公里即是它的面積。正因如此，0.421國培育了頂尖的工匠、建築師和室內設計師，讓每一寸土地都獲得充分利用。迷你的國土也影響了此地凡事講究精準的風氣，人們追求零誤差的測量，享受數據帶給他們的安全感。

遷徙獸尋找新居

智慧獸威斯頓在0.421國最醒目的地標——數據中心，與遷徙獸一家碰面。自從迢哥知道爸爸動念想在0.421國置產，便和威斯頓保持聯繫，希望前任長老能協助未曾定居過的他們挑選合宜的住所。

數據中心自動門一敞開，隨即傳來自動播音：「數字就是真實。」大家索性步入參觀，瞧瞧「那些真實」——截至目前為止，這個國家總人口數為34,432人、去年每1,000人有0.2人住宅遭竊、新型纜車最高時速可達1小時295.5公里……

離開數據中心，迢哥與遠妹已被大量的數字炮轟到暈頭轉向，突然數不清自己有多少隻觸手，茫茫然游移。然而房屋仲介也分秒不差的依約現身了，他以兩格地磚為一步的邁出抖擻步伐，引領大夥來到屋前。

只有數字的房屋介紹

「從數據中心出發，我們總共走了632.5公尺。」進入屋內參觀，可想而知又是一連串數字：總面積66.15平方公尺，樓中樓挑高4.5公尺，東側開了兩面長寬各150公分的大窗，玻璃厚度9公釐，隔音量為31分貝。仲介注意到遷徙獸特殊的身形：「搭配優惠方案，以市價的8折為您客製每顆彈簧獨立筒直徑為7公分、彈簧高度19公分的床墊喔！」

遊俠邊聽邊看，頻頻點頭，倒是威斯頓注意到遠妹的嘴巴愈噘愈高。結束看屋行程，威斯頓問：「遠妹呀，妳看似不喜歡這間屋子，能說說原因嗎？」

迢哥一向了解妹妹：「一定是因為那些數字吧！」

這句話引來遊俠疑惑：「怎麼會呢？數字明明顯示屋況相當不錯啊！」

威斯頓閉上三隻眼睛，稍微沉澱被數字占滿的思緒：「數字的確提供我們各種資訊，引領我們認識世界，但同時也省略了許多細節，也許是缺乏富有溫度、情感與感染力的敘述，或是直接跳過背後的故事和因果，所以若只有數字堆疊，容易給人冰冷、疏遠的感覺，難以達到同理的溝通。遠妹呀，妳要不要用妳的方式，為這些數字增補實際的畫面、感受和相關情節呢？」

遠妹版的新家介紹

當晚，遠妹在下榻的123旅館，寫下：

這是一間在地上排放製作醒神湯的藥草堆、鍋爐、瓶罐，也不嫌擁擠的房屋。雖然不再享有露宿時一睜眼便能欣賞璀璨銀河的寬廣視野，但當我躺在樓中樓的閣樓，寬闊的空間仍允許我伸長觸手，想像自己觸摸遙遠天邊的星光。

過去，我總是跟著爸爸和哥哥行動，成為怪獸國最早起的居民，努力經營醒神湯的生意；現在，早晨通勤的車聲人響，都無法穿透玻璃窗將我喚醒，也許我能生平第一次賴床，好好體會賴床的迷人之處——畢竟，我將擁有全新的睡床，它既柔軟又富有彈性，能讓每隻觸手延展放鬆，怎麼捨得下床呢？

不過，即使有了好睡的床，那張留著我和媽媽回憶的舊床墊，我是絕對不肯丟的。我要把它鋪在窗前，每天早晨，兩扇大窗戶會邀來充沛的陽光晒暖它，那就是我對媽媽道早安的方式。

買屋簽約那日，遠妹將這段文字送給仲介叔叔，這舉動給了房屋仲介靈感，不再依賴表面的數字介紹，而以數據背後的感受、經驗為主。

說說背後的故事

這個做法立刻掀起購屋熱潮，並且登上新聞：「怪獸國新住民棄數字激買氣，購屋率提升四成。」

大家開始對「說數據背後的事」躍躍欲試，觀星者首次這麼形容：「最近我們發現一顆視星等為-1.79的星星，它的光芒猶如一頭餓狼在暗夜裡咧開一口利齒，牙尖凝著刺眼又冰寒的光點，彷彿下一刻就要直撲0.421國，朝高聳的數據大樓咬下。」

氣象專家提到空氣懸浮粒子濃度則是這麼描述：「PM2.5:9 μg/m3，代表這一天你可以帶著家人到戶外踏青，在山林間伸懶腰，或者解開狗繩，讓狗兒盡情奔跑，相信連狗兒都能感受到的清淨空氣能使嫩草愈發鮮香，打滾得特別開心。」

遷徙獸一家終於不遷徙了，他們在0.421國展開定居生活，並利用過去醒神湯攤車的招牌，在背面寫上「三頭遷徙獸的家」，掛在新家大門外。

遊俠、迢哥和遠妹一家三口滿足的看著這塊門牌，不約而同默想：不只有三呀，還有一個永遠放在心上的媽媽呢！

數字背後的故事

寫作時若過度仰賴數字來表達，有時會使文章讀起來僵硬、死板，顯得不夠生動。不妨透過以下三點，將數字進行改寫。

A 寫出數字背後的故事（因應數字類型，可實寫或虛構）

範例：發票兌獎中頭獎20萬

姊姊反覆核對發票號碼，確認自己真的中了20萬後，她讀出發票上的購物明細：「海鮮泡麵，數量1；貓食罐頭，數量1。」那是加班的深夜，姊姊發現一隻餓壞的小貓，於是在便利商店為自己和小貓買了宵夜。之後，她將獎金捐給救助流浪動物的團體，「和小貓分享而獲得的禮物，當然要再和小貓分享了！」

B 透過情節或畫面，描寫數字所表達的程度

範例：樹懶在地上每小時移動120公分

動物短跑競賽中，槍聲一響，豹、袋鼠與穿山甲等

參賽者迅速抵達終點，回頭望去，發現樹懶這才優優哉哉越過起跑線——等等！牠剛起步的後腿甚至還沒放下呢！

C 賦予數字情緒和感受

範例：臺北101大樓高度為509.2公尺

挑戰爬梯登頂前，我站在臺北101大樓對街，抬頭仰望，頓時感覺自己渺小如蟻蟲，眼前彷彿是座甜蜜的蛋糕山，即使心生嚮往，若要攀上高聳蛋糕，品嘗頂端那顆草莓，是多麼費力的一件事啊！想到這，我彷彿真的生出六條蟻腿，還沒開始登階，瘦弱的蟲足已經怕得發瘓了！

10 無處不可歸的扮家家國

「什麼是家？」公布欄上的新海報，預告小小智囊團籌備中的雜誌《小怪大想》，創刊號將以「家」作為討論主軸，期待居民一起思考這看似平凡的議題。

最初製作海報時，小不點怪泰妮嘗試用便利貼拼黏出碩大豔黃的「家」字，立刻獲得黑白獸小歪稱讚，他輕輕撫撥著層層疊疊的黃紙片說：「好棒喔！一格格方塊，就像開放大家填進自己的答案。」

最幸福的扮家家國

海報貼出後，果然出現各種意見。收音獸阿波認為藏音室就是他的家，身為聲館長永遠與聲響同在，像捍衛家人般守護著聲音。

當千尾鳥拖曳著長尾將夕陽餘暉拂盡，倒立獸甲由坐在「倒轉骨董店」門口，對顧客指著天空：「你們看！倦鳥歸巢——家就是疲累時最想回去的地方呀！」連在禁食期間鮮少外出的吞吞怪一家聽聞消息，也聚在客廳聊了起來，他們一致通過：提供飽暖，能大快朵頤、安心消化的地方就是家。

為了充實《小怪大想》創刊號的內容，泰妮和小歪來到怪獸國西北方的「扮家家國」蒐集資料。扮家家國有句溫馨的國呼：「無處不可歸，無人沒有家。」聽說當地居民並不一起高喊國呼，而是自然而然在心中浮現這句話，從而感到安全、滿足。因此，扮家家國已連續數年蟬聯「世界上最幸福的國家」了！

流浪漢也有家？

此刻，身兼雜誌編輯一職的小怪獸們正發揮查證精神，分頭搜尋能推翻國呼一語的證據。

個頭迷你的泰妮鑽進路邊的保特瓶，踩動圓瓶身，既省力又可調節速度。由裡朝外看，街上盡是一張張幸福臉蛋——忽然，泰妮連同瓶子一起離開地面，出現在眼前的，是一名背著大行囊、衣著陳舊的叔叔。他抓著瓶罐走至街尾的屋簷下，那兒還堆著一籮筐的空瓶和零星生活用品。

「是流浪漢嗎？可是，這裡不是『無處不可歸』

嗎？」泰妮疑惑的想著，沒料到叔叔一放下瓶子，便抬起大腳，準備將空瓶踩扁回收。

家是回憶的珍藏

「等等，請等一下！」好險泰妮個小嗓門大，引起叔叔注意。自我介紹後，她發問：「為什麼在號稱人人有家的國度，您還是無家可歸呢？」

「啊！我的家在這裡呀！」叔叔從鬆垮的領口內撈出項鍊墜子，一顆翠綠的水滴形石頭。「這是我母親最常戴的耳環，她過世後，我和弟弟各取一只做紀念。我把耳環改造成墜子掛在胸前，展開自由的流浪生活。不管到哪裡，只要感受到墜子在胸口晃動，便彷彿見到母親整理完家務，將髮絲往耳後一勾，輕輕搓撫著綠耳環，詢問我要不要一起散步、採買日用品的模樣。有的，我有家喔！在這裡，也時時刻刻在心裡。」

墜子被輕輕收回衣內。家是回憶的珍藏——泰妮寫下筆記，覺得稱墜子的主人為「世界上最幸福的人」也不為過。

家是對鍾愛事物的熱望

另一頭，一位鳥類學者知道小歪來自怪獸國後，放下望遠鏡，興奮的說：「天啊！我畢生傾力研究的正是來自怪獸國的千尾鳥呢！」

原來，千尾幼鳥必須組隊環遊世界，歷經漫長飛途，才能茁壯為成鳥；而近日恰逢幼鳥完成任務，以成鳥之姿自扮家家國歸巢的階段。

「您長期追蹤千尾鳥，有多久沒回家啦？」小歪問。

「我天天都在家啊！喜愛千尾鳥的心情，使我每追尋到一處，都能因為那萬千尾羽掀動的微風，以及微風吹拂下振振欲飛的衣襬，而湧起強烈的歸屬感。」鳥類學者的熱情和篤定感動了小歪，他立刻做了筆記：家是對鍾愛事物的熱望。

你的家在哪？

傍晚，泰妮與小歪在飯館會合，分享白天蒐集的情報。他們體認到，從字面定義，「家」是提供居住與安全的地方；但這個「地方」卻不局限於實體建築或場所，也能廣泛指那些存放著安全感、信賴、回憶、眷戀、無私等種種寶貴情感之處。也許是別具意義的物品、深愛的人事，或者是抽象的心，只要使我們感到被接納、支持，不再孤零漂泊，就是家了。

一旁的服務生聽到他們的對話，在送餐時，悄悄遞上紙條——

對離鄉打工的我而言，「家」不是下班後返回的單人宿舍，也不是故鄉那間已無人居住的老屋；這間飯館的工作團隊，就是我的家。

這是我的第一份工作，毫無經驗的我出過許多差錯，也因為害羞而不敢求援。但同事們總是親切的陪我收拾殘局，鼓舞著我。當我躲在倉儲室氣餒掉淚時，廚師大哥拍拍我的肩膀，聊起自己的奮鬥史：「現在的辛苦都會變成美好的果實喔！」每一天，我們烹煮美食、布置環境、經營氣氛、細膩服務……團隊的每一員各展長才，在大家忙碌的笑容裡，我感受到愛與被愛。

我還在學習怎麼製作出飯館的招牌料理：什錦蓋飯。

食材炒香後勾芡成濃稠湯料，既保有每種材料的口感，也共享湯汁的香氣，淋在飯上，便是一道完美餐點。工作團隊就像是什錦蓋飯，無論是誰都能自在揮灑自己，卻又彼此扶持，齊心經營餐廳。我相信我很快就能做出美味的蓋飯，因為有團隊—幸福的家，支持著我啊！

泰妮和小歪讀完紙條，望向餐廳裡的每個員工，心中浮現扮家家國的國呼：「無處不可歸，無人沒有家。」

「嘿！泰妮，怪獸國的每一天，都是為了迎接新的一天。」泰妮還在納悶小歪怎麼突然喊起怪獸國的國呼，小歪繼續說道：「我們該回家了！家是跟著你一起迎接新的一天的地方！」

家的定義

「家」並非僅限於一家人出生、同住的屋簷下，而是儲存著情感、回憶、信賴或凝聚力的場所與人事物，甚至是抽象的心──心在哪，家就在哪。當我們擴展家的解釋，便能從「家」的概念，深情的理解自己與諸多事物的關係。在書寫時，也可試著從定義、介紹和影響，來闡述這個特別的「家」。

A 家的定義

範例：

家是一塊占據我心頭，卻在這世界漸漸減少的綠色。

B 家的介紹

範例：承(A)

在一趟熱帶雨林之旅中，我為翠綠茂林蓬勃的生命傾心，大自然無私的迎接、包容我，我感受到自己在林野間慢慢蛻下城市人的矜持，回歸原始的活力。此後，我便一直掛心著那片綠意，以及居住其中的生物們，每當看見砍伐雨林的新聞，總是像目睹家園遭毀敗般的悲傷。

C 家的影響

範例：承(B)

我開始參與熱帶雨林的聲援和守護活動，我心中的那片綠色也逐漸滋長，時時提醒著我，一舉一動是否合乎生態保育，即使無法到現場，也要做一個稱職的家人，捍衛我遠方的家。

改造童話的醒來故事國

《小怪大想》創刊號發行後，收到兩封向小小智囊團求援的回函。

自從遷徙獸一家搬離怪獸國，少了醒神湯，我實在爬不起來，不只上學頻頻遲到，假日昏沉賴床更是拖累寫作進度。

眼看預計在山茶花盛開時出版的童話《嗅嗅王子》就要來不及完稿啦，拜託《小怪大想》幫忙想一想把人叫起床的好方法！

by尖鼻獸小諾斯

請問該如何使故事煥然一新呢？公益中心的怪獸們雖然年邁，總不能永遠聽著老掉牙的故事，我想讓他們感到驚喜和滿足呀！

by到老而樂公益中心

當故事志工的跟蹤怪阿

豬小弟消失謎團

看來接下來的雜誌主題已經出現了！小不點怪泰妮和黑白獸小歪把「醒來」和「故事」分別列在第二、三期的工作進度表上。

剛從北方鄰國回來的威斯頓看到了，以曖昧的笑容發問：「有沒有可能，將兩者合併成一個主題呢？」威斯頓什麼也不再透露，只拿出一組木製套裝娃娃：空心的紅磚屋裡裝著大野狼，野狼裡是吊帶褲上掛著豬大哥名牌的木偶，豬大哥打開，則是一臉驚恐的豬二哥。這是〈三隻小豬〉的故事嗎？但豬小弟去哪了？

醒來故事國的玩具木工坊

就這樣，泰妮與小歪循著線索，來到「醒來故事國」的玩具木工坊。一隻小紅帽傀儡掛在雕刻著森林風光的門框上，有如童話世界的迎賓使者——等等！披著紅斗篷的，竟然是一頭小狼呢！

老闆「甦甦坊主」一看到體型如此迷你的顧客登門，大力推薦泰妮試乘可迅速升降的動力裝置，小歪拿起包裝盒蓋，上頭寫著「傑克與電梯」，又備注「承重範圍：一枚電子雞到小型自動播音電子琴」。

「這些玩具為什麼都和童話故事有些相似，卻又不一樣呢？」小歪問道。

「因為它們全都來自不同家庭的『醒來故事』啊！」甦甦坊主一答，不只提問者小歪，連忙著研究如何讓升降梯回到地面的泰妮，也露出更不解的神情。

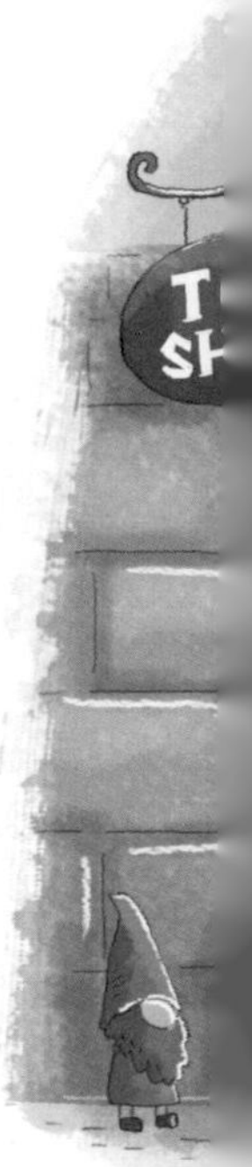

坊主繼續解釋：「就用木雕來比喻吧！若一再照著範本雕刻，只會製造千篇一律的複製品；但當你岔出既有規格，鑿下新的一刀，手裡的木偶就長出另一個模樣，變得獨一無二；同樣的，將大家耳熟能詳的故事作為改編基礎，更動時空背景、角色設定、重要物件，或者關鍵的情節和對白，故事就會有新的

可能性，不再是那個能倒背如流、令人昏昏欲睡的老故事了。」

不一樣的小紅帽

甦甦坊主幫忙操控升降梯，又繼續說：「在醒來故事國，我們每天都早早就寢，沒有所謂的『睡前故事』，而是期待隔天有個新鮮的故事將我們喚醒。」

在坊主引介下，《小怪大想》的兩個成員，拜訪了小紅帽傀儡的發想者。那是個穿著狼圖騰上衣的男孩：「我最喜歡野狼了，為什麼故事裡的狼總是被塑造成大壞蛋呢？我決定跟爸爸說個截然不同的〈小紅帽〉！」

紅帽小狼的外婆生病了，牠帶著培根派去探病。但外婆居住的森林裡最近來了一批獵人，打算獵狼皮做毛草外套，紅帽小狼謹記著媽媽「遠離人類」的叮嚀，一步步前進。

突然，出現了一頭從來沒見過的小狼，說：「我流浪了好久，請問哪兒有狼窩能讓我休息呢？」紅帽小狼雖從空氣裡嗅出不大對勁的氣息，仍禮貌回應：「我外婆就住在神木的後方，不過她生病了，今天不適合邀請你喔，真抱歉！」

紅帽小狼散步來到外婆家，剛剛那頭小狼竟然已經在裡頭作客了。好客的外婆鼻塞沒聞出異樣，但紅帽小狼這下可嗅出來了—是披狼皮、戴狼頭帽的獵人！不過，為時已晚，獵人將狼頭帽一摘，從狼皮大衣下取出獵槍，瞄準著狼祖孫……

「砰！」在森林巡邏的保育人員及時趕到，撲倒了準備扣下扳機的獵人。他們押解獵人上車後，轉身對紅帽小狼與外婆說：「森林是屬於你們和其他動物的，請盡情在此生活吧！」

紅帽小狼的故事實在太好聽了，泰妮和小歪討論著，這正是甦甦坊主提到循「角色設定」所做的改編啊！

而「傑克與電梯」必定是改變了〈傑克與魔豆〉的時空背景，注入現代科技元素，以電梯取代魔豆，電子雞和電子琴取代會下金蛋的母雞、會唱歌的豎琴。小歪托著下巴思索：「那麼，巨人的城堡，也許是一間開在摩天大廈頂樓的電子用品店吧！」

三減一隻小豬

然而，三隻小豬套裝娃娃的謎團未解，得找到故事發想者才行，他們又折回玩具木工坊，向甦甦坊主打聽，對方說：「哎呀，我不久前才將套裝娃娃賣給一位外國客人呢！這是我更動了幾處情節，打造的〈三減一隻小豬〉！」

原來在新的故事裡，大野狼依舊吹走茅草屋、木頭屋，吞下豬大哥與豬二哥，但當他來到豬小弟的紅磚屋前，用力吸氣、吹氣、吸氣、吹氣，直到把豬大哥和豬二哥都吐了出來，紅磚屋還是紋風不動。

野狼連把豬兄弟吞回肚子的力氣都沒了，氣喘吁吁的離開；而蓋完房子、出門採買家具的豬小弟，還渾然不知自己的紅磚屋救了兩個哥哥一命呢！

以「讓故事喚你起床」為主題的《小怪大想》NO.2發刊後，跟蹤怪阿巡和尖鼻獸小諾斯在書店巧遇，他們翻讀雜誌，聊起天來：

「等你的《嗅嗅王子》出版後，我不只要講給老怪獸們聽，還要和他們一起改造故事！」

「那是我的榮幸，到時候再一起去那間木工坊，為我們的故事訂做玩具吧！」

不一樣的童話

不想再讀千篇一律的故事，不如自己改編一個吧！先選一則童話當基礎，試著從故事的時空背景、角色設定、關鍵情節或重要物品，擇一作為改編方向，情節發展、氣氛，都將大有不同喔！

A 時空背景

範例：

〈糖果屋〉中由甜點做成的房屋，如果蓋在車水馬龍的街道上，迷路的兄妹會發生什麼事呢？

B 角色設定

範例：

〈睡美人〉若改成「睡王子」，該怎麼讓他起床呢？

C 關鍵情節

範例：

〈灰姑娘〉的玻璃鞋，不只掉在皇宮樓梯，還不小心被大臣摔碎了，王子該怎麼找到灰姑娘？

D 重要物品

範例：

〈傑克與魔豆〉的魔豆，若換成了「魔法蓮藕」，是不是能進入池塘泥沼裡冒險呢？

怪怪惹人愛的作怪國

這是一個再平凡不過的日子，除了怪獸，在怪獸國內沒有其他更「怪」的事了。午餐時間，怪獸小學如常播放由倒數第二任長老（智慧獸威斯頓的伯母）創作的《山茶花進行曲》。在抖擻的節奏、昂揚的旋律中大快朵頤的小怪獸們，就像國境每逢冬春漸次盛放的山茶花，一日一日長大。

來自作怪國的常太

小怪獸們不知道的是，一朵巨雲正滯留在北方山茶花林上空。適值負責巡守的獨眼怪家族休工期，國境由滿林花朵作掩護，沒有居民發現巨雲愈降愈低，幾乎壓彎樹梢。

忽然，巨雲打了個大哈欠，一個人類模樣的孩子從雲朵嘴巴裡摔了出來。「真是的！我都躲到最天邊午睡了，非要打擾我，找我當計程車司機！」打完噴嚏，縮小整整一倍的雲朵邊抱怨邊飛遠，留下揉著膝蓋起身的孩子。

孩子溜到怪獸小學外觀望時，已是放學時分。吞吞怪咕啾馬上注意到這樣貌「特別」的傢伙，把剛塞進蛋塔、鼓成圓盤狀的臉蛋湊近一問：「你是誰呀？」

「你好，我是來自『作怪國』的常太，聽說只要在中午叫醒天邊最後一片午睡的雲，就能乘著它來到怪獸國。我一直以為這只是個傳說，沒想到今天一試，竟然成功了！」常太興奮說道。

尋找自己的怪物特質

常太解釋，在作怪國，每個小孩都期待著十二歲生日的夜晚，那晚人家會做與怪物有關的夢，隔天起床便正式告別「人形兒童期」，進入「怪物青春期」。

在怪物青春期，個人特質將被放大，也許是個性、心理反應、興趣或專長，並經歷八年進化，等二十歲褪下怪物外表，過去鍛鍊的特異能力將被保存下來，一生受用。

為了迎接這關鍵階段，許多孩子會提早列出自己的特質，加以想像，甚至製作怪物圖解，如此就能胸有成竹入夢，在夢境裡細細編織自己的未來。

「可是，我覺得我好平凡，能變成什麼怪物呢？再十天我就滿十二歲了，我還是毫無想法，於是我決定來怪獸國一趟，希望能激發出靈感！」常太苦惱的說。

噴火怪餅乾店

吞吞怪咕啾看著與自己年齡相近的常太：「我覺得你一點都不平凡呢！居然乘著雲朵獨自來到怪獸國，這需要多大的勇氣啊！」

說著，常太隨著吞吞怪走進「噴火怪餅乾店」，嘴巴再也沒闔起來過──不是因為忙著品嘗剛出爐的餅乾，而是眼前景象實在太不可思議了。開放式廚房裡，噴火怪亂亂正噴出火焰，一下以旺火酥炸山茶花瓣，一下又用微火燉煮香草山茶花醬，那有條不紊的從容姿態，和「亂亂」這名字一點也不相符。

另一頭，咕啾的身形隨著吞進肚中的餅乾，如吹氣球般愈脹愈大，幾乎快把餅乾店的用餐區填滿了。

「這就是超能力呀！」常太在心中驚嘆，而自己究竟有什麼特色，能發展出超能力呢？想到這兒，驚嘆的心情不禁化為輕輕的嘆息。

把弱點變成超能力

此時，亂亂端出「當日情緒餅乾」介紹：「這是『變身餅乾』，就算是尋常的山茶花，依然能找出特色，發展成不同滋味。就像薄薄的花瓣適合快速酥炸，凸顯口感；而酸香的花蜜搭配香草熬煮成醬，一點也不甜膩。拿一片嚐嚐吧！無論來自怪獸國或作怪國，我們都是一朵獨一無二的山茶花，擁有自己的特色喔！」

常太咬下「變身餅乾」，酥炸花瓣在齒間粉碎如雪，立刻被花蜜夾心醬包裹起來，真是難以言喻的美味。

當他再拿起第二片餅乾時，亂亂也取了一塊，邊介紹自己：「我的噴火能力最初是我最大的缺點，我總是控制不住脾氣，胡亂噴火闖禍；但在我懂得抒發心情、控制情緒後，缺點也變為強項，甚至能運用自如烤出餅乾。能克服弱點，扭轉為優點，大概就是你所謂的超能力吧！」

蹺蹺板怪現身！

咕啾一口塞進五片餅乾，接著說：「吞吞怪家族的最大特色就是食量，食量不僅決定我們的外型，也影響作息，秋冬兩季我們不再進食，全心全意消化囤積的食物。所以，你的特色與能力，將會帶動生活習慣、行動的改變喔！」

「我喜歡冒險，總是對全新的挑戰躍躍欲試。雖然有膽量，但我偶爾也會對自己失去信心，這些也算是我的特色嗎？」常太困惑的說。

「當然囉！」亂亂撕下「心情食譜開發簿」的空白紙頁，「現在，為你的夢境打個草稿吧！」

〈蹺蹺板怪〉

「蹺蹺板怪」除了原本的兩隻手，還多出一對長臂，有如公園的蹺蹺板，一端代表大膽，一端是怯弱。

對蹺蹺板怪而言，他最大的能力就是努力讓兩端維持平衡，既不讓蹺蹺板往怯弱的方向傾斜，令自己什麼都不敢嘗試；也不使蹺蹺板偏往大膽，以防思慮不周的意外。

蹺蹺板的支點位於怪物的心臟，當他發現自己失去信心或是過於莽撞，就調整支點的位置，重新恢復平衡狀態。例如因害怕而裹足不前時，他便將心移往怯弱的一端，提醒自己其實不用那麼不安；同時也向較輕、距離較遠的大膽那一端喊話：「可以的！你做得到！」

也因此，你總是能看到蹺蹺板怪低著頭，調整心態的模樣。不過，平衡內心的超能力，將使蹺蹺板怪再次抬頭，以自信笑容，謹慎迎接種種任務與挑戰！

十天後，一朵巨雲停在噴火怪餅乾店上方，打了個大哈欠，這回掉出來一張照片——是一隻亮黃色的蹺蹺板怪。

「是常太呀！」亂亂還注意到蹺蹺板怪抱著空罐子，那是讓常太打包回家，當作生日禮物的山茶花蜜夾心醬。

「是啊，我們都是一朵獨一無二的山茶花！」亂亂轉身進屋，愉快的哼起《山茶花進行曲》。

打造專屬特色

怪獸國的故事進行到現在，來打造一隻專屬於你的怪獸吧！不妨以自己的特色作為出發點，參考下列步驟，設計出獨一無二的怪獸，並為牠取個名字，發展出有趣的故事。

A 能力的運用

自己的特質或專長，若移轉到怪物身上，將有何施展？

範例：

喜歡摺紙→能把自己摺成各種造型，來解決難題。

B 弱點的扭轉

放大自己的弱點，透過怪物施展，會帶來什麼情節呢？

範例：

常被嘲笑「愛哭鬼」→有淚泉能力的怪獸，在戰爭引爆之際，用淚水沖走敵軍。

C 外型的設定

根據A或B，思考怪獸可能的外型、裝備。

範例：

(1) 有摺紙變身能力：外型就像一張被畫上五官的白紙。

(2) 有淚泉能力：雖然矮小，眼睛占了身長三分之一，眼眶總是溼潤的，永遠套著游泳圈。

D 行為的影響

根據怪獸能力與外型，思考可能的作息、行動、口頭禪，甚至衍生的缺陷。

範例：

(1) A＋B：喜歡在晴朗的天氣，乘著風行動，但最怕雨天出任務，一遇到水就嚇得癱軟。

(2) B＋C：睡覺前喜歡敷眼膜，但眼睛太大，一次必須使用三組才夠！

國家圖書館出版品預行編目資料

到怪獸國遊歷 / 許亞歷文 ; 許珮淨圖. -
初版. -- 臺北市 : 幼獅, 2019.07
面 ; 公分. -- (故事館 ; 65)

ISBN 978-986-449-164-3(平裝)

863.59 108008587

故事館065

到怪獸國遊歷

作　　者＝許亞歷
繪　　者＝許珮淨
出 版 者＝幼獅文化事業股份有限公司
發 行 人＝李鍾桂
總 經 理＝王華金
總 編 輯＝林碧琪
主　　編＝林泊瑜
編　　輯＝黃淨閔
美術編輯＝李祥銘
總 公 司＝10045臺北市重慶南路1段66-1號3樓
電　　話＝(02)2311-2832
傳　　真＝(02)2311-5368
郵政劃撥＝00033368

印　刷＝錦龍印刷實業股份有限公司
定　價＝300元
港　幣＝100元
初　版＝2019.07
書　號＝984242

幼獅樂讀網
http://www.youth.com.tw
e-mail:customer@youth.com.tw
幼獅購物網
http://shopping.youth.com.tw/

行政院新聞局核准登記證局版臺業字第0143號